जड़ें

मिर्ज़ा हफ़ीज़ बेग.

Made with ♥ on the Notion Press Platform
www.notionpress.com

अपने भाई अफ़ज़ल और बहन कमर की यादों की नज़्र करता हूँ,

जो मुझसे छोटे थे लेकिन

कोरोना के चलते वक़्त से बहुत पहले

जुदा हो गए.

*

क्रम-सूची

भूमिका vii

1. अध्याय 1 1
2. अध्याय 2 3
3. अध्याय 3 6
4. अध्याय 4 10
5. अध्याय 5 13
6. अध्याय 6 15
7. अध्याय 7 18
8. अध्याय 8 21
9. अध्याय 9 26
10. अध्याय 10 29
11. अध्याय 11 32
12. अध्याय 12 35
13. अध्याय 13 38
14. अध्याय 14 42
15. अध्याय 15 45
16. अध्याय 16 48
17. अध्याय 17 52
18. अध्याय 18 54
19. अध्याय 19 57
20. अध्याय 20 59
21. अध्याय 21 61
22. अध्याय 22 64
23. अध्याय 23 66

क्रम-सूची

24. अध्याय 24 68
25. अध्याय 25 71
26. अध्याय 26 74
27. अध्याय 27 77
28. अध्याय 28 80
29. अध्याय 29 83
30. अध्याय 30 85
31. अध्याय 31 88
32. अध्याय 32 91
33. अध्याय 33 94
34. अध्याय 34 97
35. अध्याय 35 101

भूमिका

भूमिका

आप बड़ी मेहनत से एक नावेल लिखते हैं. और फिर आपको सफाई देनी पड़े कि यह आपने क्यों लिखा तो?

कुछ ऐसी ही चीज़ है भूमिका लिखना. और इसीलिए मुझे इससे नफरत है. लेकिन यह पढ़ने वाले के लिए यूँ है जैसे ग्राहक से कहा जाए कि दुकान में दाखिल होने से पहले फीता काट दें. या नावेल एक दुल्हन है तो इसकी भूमिका उसके चेहरे पर पड़ा घूंघट. लेकिन एक लेखक के लिए यह इतना रूमानी काम नहीं है. और उसे डर भी रहता है कि यह असली किताब का मज़ा ही खराब न कर दे. तो दुल्हन का घूंघट जितना महीन और हल्का हो उतना ही अच्छा.

इसीलिए अपने इस नावेल के बारे में मैं मुख्तसर अल्फाज़ में ही बात करूंगा. बहुत सी बातें नहीं.

बात यूँ भी है कि मैं महसूस करता हूँ कि हिंदी में मुसलिम समाज को (मैं यहाँ मुसलिम समाज की बात कर रहा हूँ, धर्म की नहीं. वरना बहुत से सेक्युलर दोस्त अभी साम्प्रदायिकता का तमगा पहना देंगे. वैसे मेरा तजुर्बा है कि वे एक तमगा हमेशा अपने साथ लिए घूमते हैं और उन्हें पहनाने की हिम्मत नहीं करते और इसे पहनाने के लिए एक कमज़ोर गर्दन ढूंढते रहते हैं.) बहुत कम जगह मिली है. जो लिखा भी गया तो उन लोगों के ज़रिए जिनके पास मुस्लिम समाज और उसके अंदर चल रही बातों का कोई इल्म नहीं, बस एक अधकचरा जानकारी है जो खासतौर से तोड़ मरोड़ के साथ कुछ शरपसंद ताकतों द्वारा फैलाई जाती है. इसका इल्ज़ाम मैं मुस्लिम समाज से आने वाले उन तरक्कीपसंद या सेक्यूलर बनने की कोशिश में अपने समाज से दूर जा बैठे लेखकों को भी दूंगा जिनकी ज़िम्मेदारी थी कि भारतीय समाज के अंदर मौजूद मुसलिम समाज की नुमाइंदगी करते.

लेकिन सेक्यूलर होने के तमगे की चाह में वे इस समाज की हकीकतों से दूर होते चले गए. और नतीजा यह निकला कि नतीजा यह कि भारत के कम से कम हिंदी बेल्ट में मुसलिम समाज कई अजीब अजीब नकली रहस्यों की परतों में दब सा गया. पड़ोसी या साथ के लोग भी उसे जैसे जानते नहीं और जो जानते हैं तो कहते हैं, आप मुसलमान नहीं लगते. इन्हीं सब वजूहात के मद्देनज़र मैंने एक

मुसलिम फैमिली के इर्द-गिर्द एक कहानी बुनी. कुछ अपनी सी, कुछ पराई सी. कुछ जानी पहचानी कुछ अनजानी सी. एक कहानी में सब कुछ तो नहीं समाता लेकिन उम्मीद है मेरी यह कोशिश आपको पसंद आए.

आपकी दुआओं का तलबगार-

मिर्ज़ा हफीज़ बेग.

mirzahafizbaig@gmail,com

*

1

बस एक झटके से रुकी. ब्रेक की वही भूली बिसरी सी चीख़ के साथ धूल का एक हल्का सा गुबार उठा और बैठ गया. मेरी ख़्वाबीदा आँखों से सारे रास्ते भर देखे हुए ख्वाब, यूँ एक झटके में टूट कर बिखर गये जैसे बचपन में एक बार कंचो के डिब्बे के अचानक खुलने से कंचे बिखर गये थे. आह ! बचपन...

बचपन की यादें एक नशे सी होती हैं. बचपन कैसा भी गुज़रा हो इनसान को वह सबसे प्यारा होता है. और कौन है जो एक बार मौका मिलने पर बचपन को फिर से जीने को तैयार न होगा. ओह, पता नहीं मैं ये सब क्या बक रहा हूँ. हालांकि मैं नास्टेल्जिया में जीने वाला इनसान कतई नहीं हूँ. मैं तो हमेशा से, आज में जीने वाला और मुस्तकबिल की फिक्र करने वाला शख्स रहा हूँ. अम्मी यों ही तो नहीं मुझे संगदिल कहती थीं. हालाँकि मेरा ये सफर नास्टेल्जिया की तरफ ही एक सफर था. मजबूरी थी. अम्मी का इंतकाल हो गया था, क्या अब भी न आता? हालाँकि मेरे लिये मैयत नहीं रखी गई थी. फज्र से पहले इंतकाल हुआ और ज़ुहर बाद मिट्टी. वहाँ कौन था जो मेरा इंतज़ार करता. और कौन था जो मेरा एतबार करता.

"छोड़ो जी, वो अब क्या आने से रहा? जड़ों से उखड़े हुए दरख्त जो कहीं और जड़ जमा लेते हैं, वापस लौटते हैं भला?"

"हाँ, जिसे न रिश्तों का पास रहा न पुरखों की बात का लिहाज. जिसे अपनी मिट्टी से ही मुहब्बत न रही, उसके इंतज़ार में मैयत की मिट्टी खराब करने का क्या तुक?"

"चलो जी उठाओ डोला. एक बेटा नहीं तो क्या मैयत को कंधा नहीं मिलेगा? इतने बुरे दिन नहीं आ गये अभी..."

जितने मुंह उतनी बातें. मुहल्ले-पड़ोस का मुंह पकड़ सकता है कोई? फिर पड़ोसी तो पहला सगा होता है. मेरे जैसों के लिये कौन उन्हें नाराज़ करे? लेकिन

ताई अम्मी ने ज़िद पकड़ रखी थी, "उसे आने दो... बेटा है. वो आयेगा ज़रूर."

यह ताई अम्मी की मुहब्बत थी और शायद एक अनजानी सी आस थी. लेकिन लोगों को तो जैसे नफरत ही थी मुझसे और अपनी नफरत ज़ाहिर करने का यह सबसे मौजूं मौका हाथ आया था शायद. लेकिन घर की बुज़ुर्ग ताई अम्मी की बात कैसे टाली जाती? लोगों ने ताई अम्मी का लिहाज भी तो किया, लेकिन कब तक?

"देखो दादी जान, धड़ाधड़ फ्लाईटें कैंसिल हो रही हैं. चच्चा अगर चाहेंगे तो भी आना मुश्किल है." पड़ोस के एक नौजवान ने ताई अम्मी को समझाने की कोशिश की.

"भाई कोशिश तो कर रहे हैं न?..." नसीम ने समझाने की कोशिश की लेकिन एक बुज़ुर्ग रिश्तेदार ने झट नसीम की बात काट दी,

"बेटी, अब तुम तो उस मरदूद की तरफदारी न करो. तुम्हारे साथ जो हुआ... हमारा तो दिल जलता है..."

बेचारी नसीम. सकपकाकर अपने पास खड़ी जवान बेटी शफ़क़ का खयाल कर डरकर चुप रह गई वरना उसके मुंह तक आकर जो अल्फाज़ ठहर गये वो ये थे, "क्यों गड़े मुर्दे उखाड़ रहे हो चचा?..."

शफ़क़ लगातार फोन पर राब्ता बनाये हुए थी.

"मामू, कुछ इंतज़ाम हुआ कि नहीं?..."

"मामू, यहाँ लोग जल्दी मचा रहे हैं,..."

"सुनने में आ रहा है, यहाँ लॉकडाऊन लगने वाला है,... फिर मुश्किल हो जायेगी..."

आखिर थक-हार कर मैंने मैयत उठाने की इजाज़त दे दी थी. शफ़क़ ने वीडियो-कॉल पर अम्मी के जनाज़े के दीदार करवा दिये. वीडियो कॉल पर ही मैंने रोती हुई ताई अम्मी को देखा तो जैसे यादों का सैलाब आ गया था. मैं कितनी दूर इंग्लैंड के एक छोटे से शहर यॉर्क में बैठे-बैठे ही हिंदुस्तान के अपने छोटे से गांव, अपने बचपन के लाड़-दुलार भरे वक़्त में पहुँच गया था. दिल जैसे एक शिकंजे में जकड़ा जा रहा था. और जब शफ़क़ ने अपनी माँ से कहा, "मम्मी, मामू वीडियो कॉल पर हैं..." तो मैंने घबराकर फोन काट दिया.

2

अब दो साल बाद आने का तो कोई मतलब नहीं बनता लेकिन, शफ़क़ के लगातार फोन आने लगे. वे लोग लगातार कहने लगे थे कि आकर मैं अपने हिस्से का हिसाब-किताब देख लूँ. जब तक अम्मी हयात थीं सब कुछ उन्हीं ने देखा. अब मुझे अपने हिस्से के बारे में फैसला करना चाहिये...

"हिस्सा? मेरा हिस्सा? लेकिन मेरा वहाँ रहा ही क्या? सब कुछ तो छोड़ आया था..." मुझे हिस्से बटवारे की कभी परवाह ही नहीं रही थी. मैंने तो वहाँ की सारी यादों से, बातों से, लोगों से, हर चीज़ से रिश्ते तर्क कर आया था. नई ज़िंदगी के लिये, नए आसमान के लिये, नई ज़मीन के लिये ये ज़रूरी था. नई ज़मीन में अपनी जड़ें जमाने के लिये ज़रूरी था कि मैं पुरानी ज़मीन से अपनी जड़ें उखाड़ लूँ. मैंने ऐसा ही किया. मैं ऐसा ही रहा हूँ, हमेशा से. दो टूक! बिल्कुल प्रैक्टिकल. अहसासात के जंजाल से आज़ाद. लेकिन यह सब क्या इतना आसान होता है. हम अपने अहसासात को भले दबा लें, लेकिन उनसे पीछा नहीं छुड़ा सकते. अगर ऐसा नहीं होता तो आज इतने बरसों बाद क्या मैं यहाँ होता? ऐसा नहीं होता तो क्या आज पुरानी यादें मुझ पर हावी होतीं?

लेकिन ऐसा हुआ. मैं जो अपने-आप को बिल्कुल प्रोफेशनल और प्रैक्टिकल समझता था. मैं जो पुरानी बातों को, पुरानी यादों को अब तक, बिल्कुल ही बेकार की चीज़ समझता रहा. जिसे लोग दिल और जज़्बात से बिल्कुल ही महरूम समझते रहे. आज अपने-आप को बचपन की यादों के दलदल में गहराई तक डूबा हुआ पाता हूँ. यह मेरा गांव था. मेरे आबा-ओ-अजदाद का गांव. मेरे पुरखे जाने कब यहाँ आकर आबाद हुए थे. मुझे पता नहीं. किसे पता होता है? सुना था, मेरे कोई पुरखे सिपहगीरी के पेशे में थे और नवाब सिराजुद्दौला की तरफ से अंग्रेजों के खिलाफ जंग में शामिल हुए थे. और नवाब की हार के बाद अंग्रेजों की गिरफ्त से

बचने यहाँ, इस गांव में नाम बदलकर बस गये थे. लेकिन मैं तो उन्हें नहीं जानता था, न उनका नाम, न अपनी नसब का शिजरा ही याद था. मेरे लिये तो मेरे पुरखे मेरे दादा सरफराज़ खाँ ही थे. वही मेरे बुज़ुर्ग थे. और थे उनके दो बेटे, मेरे ताया सोहराब खाँ और मेरे वालिद माहताब खाँ.

अपने ज़माने में सरफराज़ खाँ का नाम चलता था. पुरखों से चली आती लम्बी-चौड़ी खेती थी. अपने बाप की इकलौती औलाद और गांव के माने हुए रईसों में शुमार. तो शौक भी रईसों वाले. जाने-माने पहलवान थे. कहते हैं, आस-पास के सत्ताईस गाँवों में उनके जोड़ का पहलवान मिलना मुश्किल था. धाक थी. इसी लिये जब मुल्क का बटवारा हुआ तो पाकिस्तान नहीं गये.

"अपना वतन फिर अपना वतन होता है..." वह कहते, "जो कुछ यहाँ कमाया, उसे यहीं गंवाने में क्या हर्ज़ है. वहाँ कौन अपना है?"और जब उनके दोस्त ने पाकिस्तान जाने की बात की तो उन्होंने कहा, "यह सिर्फ हिंदुओं का मुल्क नहीं है मियाँ, सब का खून शामिल है इस मिट्टी में, और सब की विरासतें. हम यहाँ से चले गए तो कौन हिफाज़त करेगा इन विरासतों की? अपने पुरखों की विरासत की हिफाज़त करना हर इनसान का फर्ज़ है. सरहदों का क्या है, वो तो बदलती रहती हैं. हाकिम बदलते रहते हैं. वक़्त बदलता रहता है. यह सब हमारी आज़माइश है और कुछ नहीं. हमें हमारा फर्ज़ नहीं भूलना चाहिए."

एक बार जब मैं मामू जान के घर से गांव आया तो बहुत खिन्न था.

"मैं वहाँ नहीं जाऊंगा," मैंने दादा जान से कहा था, "मुझे वहाँ नहीं पढ़ना है..."

"फिर कहाँ पढ़ना है?" दादा जान ने पूछा.

"पाकिस्तान में..."

मेरे जवाब पर दादा जान भौंचक रह गये थे. कुछ देर तो उनके मुंह से कुछ निकला ही नहीं. लगा जैसे अंदर कुछ टूट गया. यकायक वे अपनी उम्र से बहुत ज़्यादा बूढ़े नज़र आये. उनके चेहरे पर हमेशा मौजूद रहने वाली बेफिक्री जैसे कहीं गायब हो गई. और इस बात का मुझे यकायक बहुत अफसोस हुआ. लेकिन मैं अपने दिल का हाल किसे सुनाता. एक वही थे जो मेरी हर बात को समझते थे.

"क्यों तुम पाकिस्तान में क्यों पढ़ना चाहते हो?" थोड़ी देर चुप रहने के बाद दादा ने पूछा.

"क्योंकि हम पाकिस्तानी है."

"और यह तुमसे किसने कहा?"

"मेरे स्कूल के दोस्तों ने."

"क्या कहा के तुम पाकिस्तानी हो?"

"वे कहते हैं, मुसलमान बड़े बेईमान पकड़ो इनके दोनों कान, भेजो इनको पाकिस्तान. और कहते हैं अबे कटुवे तू हमारे देश में क्या लेने आया है? अपने देश जा न." मैंने एक अरसे से दिल में छिपाकर रखा अपना दर्द उनके सामने रख दिया था. दादा जान अपने मामूल के खिलाफ काफी देर तक गौर-ओ-फिक्र में डूबे रहे. मैं हैरानी और अफसोस से उनके चेहरे पर नज़र गड़ाये रहा.

"देखो बेटा," आखिरकार वे बोले, "हम पाकिस्तानी नहीं है और हम कभी भी वहाँ नहीं जायेंगे. हमारे आबा-ओ-अजदाद इसी मिट्टी में दफन हैं. हम इसी मिट्टी से बने हैं और इसी मिट्टी में मिल जायेंगे. अपनी जड़ों से उखड़कर दरख़्त कभी कहीं नहीं फलते. और मेरी बात गौर से सुनो, हो सकता है यह सब तुम्हें और सुनना पड़े. बार-बार सुनना पड़े. क्योंकि अच्छे और बुरे दोनों किस्म के लोग हमेशा मौजूद होते हैं. जब मैंने वतन न छोड़ने का फैसला किया तो कई लोग मुझे डराने आये कि तुम्हें यहाँ से जाना होगा. लेकिन दूसरी तरफ कई लोग यह कहने आये कि डरने की कोई ज़रूरत नहीं हम आपकी हिफाज़त करेंगे. मैंने दूसरे किस्म के लोगों की बात मानी. तुम किसकी बात पर भरोसा करते हो यह तुम्हारे हाथ में है. पहली तरह के लोग हमें जड़ से उखाड़ना चाहते थे. हो सकता है, तुम्हें जड़ से उखाड़ने की कोशिशें होती रहें... तुम्हें अपनी मिट्टी नहीं छोड़नी है."

मैं हैरान था. सरफराज़ खाँ का पोता मैं अपनी मिट्टी को छोड़कर इतनी दूर इंग्लैंड में आबाद था. उन्हीं अँग्रेज़ों के बीच जिनसे छिपने के लिये मेरे पुरखे नाम बदलकर इस गांव में आबाद हुए थे. क्या उन लोगों ने कभी यह तसव्वुर भी किया होगा कि उन्हीं की औलाद में से एक शख्स कभी उन्हीं फिरंगियों के वतन में आबाद होगा? वक़्त भी कैसे कैसे खेल दिखाता है...

3

वक़्त के खेल ही निराले होते हैं. आज उन्हीं सरफराज़ खान का पोता अपनी मिट्टी में लौट रहा है तो उसकी जड़ें साथ नहीं है. और अब सरफराज़ खाँ भी तो नहीं है; जो वे देखते कि कैसे उनका ही पोता आज अपनी जड़ों से कटा हुआ फिर रहा है. वही पोता जो उनकी खानदान की इकलौती शाख, उनकी इकलौती विरासत और उनके अरमानों और उम्मीदों का इकलौता मरकज़ था.

सरफराज़ खाँ, जो अपनी सात बहनों के इकलौते भाई थे और जिनके बारे में उनके वालिद दावा करते थे कि मेरे एक के इक्कीस होंगे; वही सरफराज़ खाँ सिर्फ दो बेटों के बाप थे और दोनों बेटे भी शादी के बरसों बाद तक बे औलाद रहे. बड़े बेटे सोहराब की शादी को छह साल हो गये और दूसरे बेटे माहताब की शादी को भी तकरीबन तीन साल होने को आये. सरफराज़ खाँ के कान, घर में बच्चे की किलकारी सुनने को तरस गये. लोगों की ज़बानें चलने लगीं. दुश्मनों के दिल खुशियों से फूले नहीं समाते.

लोग बातें करने लगे,

“सरफराज़ की नस्ल खत्म हो गई...”

“इतनी दौलत क्या करेगा...”

“चोर खायेंगे और क्या...”

डर के मारे कोई मुंह पर तो नहीं कहता लेकिन कही हुई बातें गूंजती हुई कानों तक पहुंच ही जातीं. कलेजा कट जाता. दूर दराज़ के नातेदार भी आस लगाये बैठे थे कि बाप-बेटे दुनिया से रुखसत हों और कुछ हिस्सा दौलत का हाथ आये. दोस्त-यार सलाह देते कि कम-अस-कम बड़े बेटे की दूसरी शादी कर दो, हो सकता है, आने वाली की तकदीर से इस खानदान को चिराग हासिल हो जाये. लेकिन सरफराज़ खाँ का एक ही कौल था, “अल्लाह ने देना होगा तो दूसरी शादियों के बग़ैर

ही देगा और नहीं देना होगा तो हज़ार शादियों के बाद भी बे-औलाद रखेगा."

लोग इसे सरफराज़ खाँ की ज़िद या बेवकूफी कहते और सरफराज़ खाँ इसे अपना ईमान.

आखिर सरफराज़ खाँ के ईमान की जीत हुई. छोटी बहू की खुशखबरी की गूंज सारी बस्ती ने सुनी. सरफराज़ खाँ के मुरझा उठे चेहरे पर फिर से बहारों ने दस्तक दी. सरफराज़ खाँ जिधर से गुज़रते, बधाइयों के बोल सुनाई देते. दोस्त-यारों से दावतों के मुतालबे आने लगे. दुश्मनों की ज़ुबानें जंग खा गईं. घर में रात और दिन की रौनक लग गई. ठहाके गूंजने लगे. लड़का होगा या लड़की जैसे कयास लगाये जाते और मुस्तक्बिल के मंसूबे बांधे जाते. लड़का हुआ तो ऐसा, लड़की हुई तो वैसा. छोटी बहू यानी अम्मी के ठाठ लग गये.

घर की बड़ी बहू यानी ताई अम्मी की ज़िम्मेदारियाँ बढ़ गईं. देवरानी के हिस्से की ज़िम्मेदारी भी ताई अम्मी के सर आन पड़ी. ऊपर से घर में सास या कोई बुज़ुर्ग औरत के न होने से, अपनी देवरानी के नाज़ उठाना भी उनके ज़िम्मे आ गया. काम के बोझ से कमर टूटने लगी और ग़म के बोझ से कलेजा चाक होने लगा.

"हाय नसीब, हाय तकदीर... जिसे अपनी मेरी खिदमत करनी थी आज उसी के नाज़ उठाना पड़ रहा है... मेरी तो किस्मत ही फूट गई..." ताई अम्मी रोती.

"क्यों नसीब को कोसती हो," ताया बोले, "उसकी ये हालत है, नहीं तो किसी की मजाल थी..."

"सुनो जी, किसी और को जाकर सुनाओ ये चिकनी-चुपड़ी बातें. मैं खूब समझती हूँ अब मेरी वो अवकात नहीं रही; क्योंकि मैं कोई वारिस नहीं दे सकी न... अल्लाह ने पता नहीं किस गुनाह की सज़ा दी है..."

ताया यानी सोहराब खां, कट के रह गये. एक हूक सी दिल में उठी और आंसू उमड़ आये. मुंह फेर कर आंसू पोछ लिये. सच तो कहती है कम्बख़्त! अल्लाह ने बेऔलाद रखा यही क्या कम था जो हमारे सीने पर मूंग दलने के लिये ये दिन भी दिखाना था.

शायद उन्हें पता ही नहीं चला कि कब वे अपने ही भाई की खुशी पर हसद करने लगे. कब भाई की यह खुशी उनकी बर्दाश्त से बाहर हो गई. जब तक छोटा भाई भी बेऔलाद होने की लानत से दो चार था, उन्हें तसल्ली थी कि वे अकेले नहीं हैं. लेकिन अब यह बात तो बर्दाश्त से बाहर थी कि सामने छोटा भाई तो औलाद की दौलत से मालामाल हो जाये और वे अकेले इस लानत को ढोते फिरें.

दादा जान यानी सरफराज़ खाँ की तजुर्बेकार आँखों से कुछ छुपा भी नहीं था. लेकिन वो अपने बड़े बेटे और बहू के लिये कर भी क्या सकते थे, सिवाये रोने और

दुआयें करने के.

ताया अब्बू फिर भी दिल मज़बूत करके अपना ग़म छुपाए, लोगों के तानो के दबे छुपे तीर बर्दाश्त कर जाते लेकिन बेचारी ताई अम्मी मुहल्ले पड़ोस की औरतों के तानो के तीर नहीं झेल पातीं. एक दिन उन्होंने ताया से कह ही दिया, "मुझसे और बर्दाश्त नहीं होता, मुझे मेरे मायके छोड़ आओ."

"क्या पागल हो गई है? देखती है घर में क्या मामला है और तू अपनी ज़िम्मेदारियों से पीठ फेरकर जाना चाहती है?" तया चीखे.

"मुझसे और नहीं होता..." ताई अम्मी बोली.

दादा जान ने घर में कदम रखते ही अपने बड़े बेटे बहू की आवाज़ सुनी और ताया को आवाज़ देकर कहा, "अरे तुझे बहू की हालत पर तरस नहीं आता? देख नहीं रहा रात दिन अकेली खटती रहती है? कुछ दिनों के लिये छोड़ आ. दिल बहल जायेगा, हवा पानी बदल जायेगा तो सेहत ठीक हो जायेगी; फिर ले आना."

"लेकिन अब्बा जान यहाँ का क्या होगा?" ताया ने झेंपते हुए पूछा.

"यहाँ का काम भी हो जायेगा. जाओ बहू तुम तैयारी करो और किसी बात की फिक्र न करो. तुम्हारी सेहत से ही घर की सेहत है. तुम्हारी सेहत ही सही नहीं रहेगी तो आगे आने वाले काम कैसे निपटेंगे."

"नहीं अब्बू जान, मेरी सेहत ठीक है," ताई अम्मी ने अंदर से ही कहा. अपने ससुर की बातों ने उन्हें पिघला दिया. कहते हैं, सरफराज़ खाँ बड़े बहू नवाज़ थे. बहुओं को घर का पिलर समझते और बहुएं उन्हें बड़ा मान देतीं और उन्हें अपना सरपरस्त मानतीं थीं. "बस, ऐसे ही मुंह से निकल गया..."

"बस ऐसे ही नहीं बेटा..." कहकर अब्बू ने बड़ी बहू को सामने बुलाया और आवाज़ में पूरी शफकत भरकर कहा, "मैं तुम्हारे दर्द से नावाकिफ नहीं मेरी बच्ची. लेकिन अल्लाह की रहमत से मायूस न हो. नाउम्मीद होना कुफ्र की निशानी है. सब्र कर और दिल को मज़बूत कर ले. अल्लाह ने इस आज़माईश में मुब्तिला किया है तो वही बाहर निकालेगा..."

उस दिन ताइ अम्मी गई तो नहीं लेकिन अब ताया अब्बू और ताई अम्मी के बीच झगड़े बढ़ने लगे. घर की आवाजें घर में गूंजती हुई बाहर भी निकलने लगीं. एक दिन तो हद हो गई. ताया जान सोहराब खाँ अपने बाप के सामने जा खड़े हुए और कहने लगे, "मुझे भी दूसरी शादी करनी है. मुझे भी बाप बनना है. मैं बेऔलाद होने के तानो से थक गया हूँ..."

बात अभी पूरी भी नहीं हुई थी कि सरफराज़ खाँ का एक पहलवानी थप्पड़ खाकर कड़ियल जवान सोहराब खाँ ज़मीन पर गिरकर बेहोश हो गये. अब्बा और

अम्मी को तो जैसे सकता मार गया. बात यहाँ तक बढ़ जायेगी उन लोगों ने सोचा न था.

अंदर से ताई अम्मी के सिसकने की आवाज़ आती रही और गुस्से में गरजते हुए बाहर जाते सरफराज़ खाँ की दहाड़, "कमीने ! तू अकेला बर्दाश्त कर रहा है क्या? अपनी बीवी, अपनी शरीक़-ए-हयात को ताने सहने के लिये अकेली छोड़ना चाहता है? इस तरह रिश्ते निभाये जाते हैं? याद, रख अल्लाह तआला के सामने इसका जवाब देना पड़ेगा..."

ताया सोहराब खाँ ने कुछ नहीं सुना. वे ज़मीन पर बेहोश पड़े रहे. लेकिन उस दिन से सरफराज़ खाँ के घर में नए मेहमान के आमद की खुशियों को जैसे ग्रहन लग गया. अब्बा अम्मी की खुशियों को भी...

4

अब दिन गुमसुम और उदास-उदास से बीतते, रातें मायूसी भरी ठंडी आह भरती हुई. नए मेहमान के आने को लेकर अब अम्मी-अब्बू शर्मिंदगी महसूस करने लगे. सरफराज खाँ अपने दोनों बेटे-बहुओं की हालत देखकर बेबसी महसूस करने लगे.

आखिर एक दिन बड़े मामू अपनी बहन को पहले बच्चे की पैदाईश के लिये लिवाने आ पहुंचे और इस तरह इस खामोश अज़ीयत से अम्मी को छुटकारा मिला. मायके में हस्बे तवक्को, अम्मी की खूब दिलजूई और देखभाल हुई. अब अम्मी खिली-खिली सी रहने लगीं. एक दिन अम्मी ने अपने भाई-भाभी को इसके लिये शुक्रिया कहा, "आपने मुझे वक़्त से पहले ही वहाँ से बुलवा लिया वरना मेरा तो दम घुट जाता." तब बड़े मामू ने अम्मी को बताया कि उनके ससुर ने ही उन्हें खबर भेजी थी कि अम्मी उदास-उदास सी रहती हैं, जो इस हालत में उनके लिये ठीक नहीं इसलिये उन्हें जल्दी बुलवाकर दिल बहलाने की कोशिश करें, इससे शायद वो कुछ ठीक महसूस करें.

यह बात सुनकर अम्मी, आँखों में आंसू भरकर मुस्कुरा उठीं.

वक़्त गये, सरफराज़ खाँ को वह खबर भी मिली जिसके लिये उनके कान मुंतज़िर थे,

"मुबारक़ हो, अल्लाह ने पोते की नेअमत से नवाज़ा है..." दिल किया खुशी से झूम उठे, लेकिन बड़े बहू-बेटे के अहसास का खयाल कर बेनियाज़ बने रहे. दिल ने चाहा खबर देने वाले का मुंह मोतियों से भर दें, लेकिन नहीं भरा. दिल ने चाहा गांव भर में लड्डू बटवायें लेकिन नहीं बटवाये. बस छोटे बेटे माहताब खाँ से इतना कहा, "नालायक ! खड़ा-खड़ा मुंह ही देखता रह. बाप बन गया लेकिन इतनी अक़्ल नहीं कि ज़रूरियात का सामान लेकर भागता हुआ मेरे पोते के पास जाये. सरफराज़ खाँ का चश्म-ओ-चिराग आया है..." और आधी बात खा गये, "...ये कोई मामूली बात

है?”

लेकिन जो बात सरफराज़ खाँ से कही न जा सकी, वह सोहराब खाँ के ज़ेहन में गूंजती रही, “ये कोई मामूली बात है?”

ताया सोहराब खाँ ने सारी बस्ती में लड्डू बटवाये और सबसे यही कहा, “सरफराज़ खाँ के घर पोता हुआ है; ये कोई मामूली बात है?...”

सरफराज़ खाँ का दिल भर आया. उन्होंने सोहराब खाँ को पास बैठाते हुए आखिर दिल की बात कह ही डाली, “पता है सोहराब... रात को तेरे दादा नियाज़ खाँ मेरे ख्वाब में आये थे. कह रहे थे, उठ सरफराज़ मैं वापस आ रहा हूँ. मेरे वालिद वापस आ गये. तेरे दादा वापस आ गये रे सोहराब !...”

“तो आप अपने अब्बा से मिलने नहीं जायेंगे अब्बा जी?” बड़ी बहू ने आकर कहा.

“नहीं बेटा ! मैंने सोचा पराये घर क्या जाना? अपनी औलाद आखिर अपने घर ही तो आनी है.” सरफराज़ खाँ ने बात बनाई.

लेकिन ताई अम्मी ने कोई बहाना नहीं बनाया, “आप हमारी वजह से नहीं गये न? हमसे ग़ल्ती हो गई, इसकी इतनी बड़ी सज़ा...”

“अरे नहीं मेरी बच्ची...” सरफराज़ खाँ ने बहानेबाज़ी की, “अभी चिल्ले की दावत आयेगी तब जायेंगे. बग़ैर दावत तो सरफराज़ खाँ, अल्लाह मियां के घर न जाएँ.”

“तौबा, तौबा अब्बा जी, अल्लाह मियां के घर जाएँ आपके दुश्मन. आप पोते का मुंह देखने सवा महिना इंतज़ार करेंगे?”

रात को सोने से पहले ताई अम्मी ने ताया से कहा, “अजी इतनी बड़ी बात! हम अगर भतीजे का मुंह देखने नहीं गये तो दुनिया क्या कहेगी?”

“मेरा नाम सोहराब खाँ है. सरफराज़ खाँ का बेटा. मैं दुनिया के कहे की परवाह नहीं करता. मैं परवाह करता हूँ तो सिर्फ अल्लाह को जवाब देने की.” सोहराब खाँ ने अपने अंदाज़ में कहा, “यह कहो कि अल्लाह मियां क्या कहेंगे.”

“हाँ, मैं वही कह रही हूँ, अल्लाह को क्या मुंह दिखायेंगे? भई मुझसे तो सब्र नहीं होता. मुझे तो कल ही जाना है...”

और इस तरह ताया और ताई दूसरे ही दिन अपने भतीजे का मुंह देखने पहुंच गये. मामू जान ने खूब आव भगत की घर की पाली हुई देसी मुर्गियाँ कटीं. जिठानी को देखते ही अम्मी ने अपना लख्तेजिगर अपनी जिठानी को सौंपते हुए कहा, “आपका बेटा है भाभी जान...”

"हाँ, तो क्या कोई दुश्मन का बेटा है? हमारे ही खानदान का चश्मोचिराग़ है." ताई अम्मी ने भी मुझे गोद में उठाकर कहा, "और हम तो इसका नाम नियाज़ खाँ रखेंगे. ये समझो हमारे दादा ससुर वापस आ गये हैं..."

"दादा ससुर?..."

अम्मी मुस्कुरा उठीं. उनके गालों पर कलियाँ खिल उठीं. अरसे बाद उन्हें दिली सुकून नसीब हुआ था.

5

मुस्कुराहट बहुत दिन आपके गालों पे कलियाँ नहीं खिलाती. फूल भी खिलकर कुछ वक़्त जवां रहते हैं, लेकिन मुस्कुराहट की उम्र छोटी होती है. ताई अम्मी ने मुझे ताया की गोद में देकर कहा, "सम्हालिये अपने दादा जान को. हमने तो इसका नाम नियाज़ खाँ रख दिया है."

"अपनी मर्ज़ी से रख दिया? अब्बा से पूछा नहीं?" ताया अब्बू ने कहा.

"इसमें पूछने की ऐसी क्या बात है? वो खुश हो जायेंगे. उनके अब्बा का जो नाम है." ताई अम्मी ने कहा.

सुनकर ताया अब्बू मुस्कुरा उठे.

मुस्कान बहुत लम्बी नहीं चली. सवा महिने का चिल्ला होने के बाद अब्बू, अम्मी को घर ले आये. दादा जान सरफराज़ खाँ की खुशी का ठिकाना न रहा. अब उनका ज़्यादातर वक़्त पोते को खिलाने में गुज़रता. सुबह उठते ही पहले पूछते, "नियाज़ खाँ ...?"

बाहर से आते तो पहले अल्फाज़ होते, "नियाज़ खाँ ...?"

पोता ज़रा सा रोये तो तड़प उठते. यह सब ताया और ताई के दिल पर भारी गुज़रता, लेकिन उनकी बला से. पोते को देख सरफराज़ खाँ को अपनी खुशियों पर काबू ही नहीं रहता. ताई अम्मी भले दुनिया को दिखाने के लिये कभी-कभी मुझे गोद में लेकर लाड़ दुलार कर लेतीं लेकिन ताया...?

तीन साल का होते होते मुझे ताया से डर लगने लगा. मैं अकसर सोचता कि यह डरावना इनसान जो मेरी तरफ देखता भी नहीं, आखिर इस घर में है क्यों?

"ताया अब्बू को सलाम करो." अकसर अब्बू हिदायत देते.

"ताया अब्बू को सलाम किया?" अकसर अम्मी पूछतीं, और मैं समझ नहीं पाता कि जो शख़्स मुझे चाहता ही नहीं वह मेरे लिये इतना खास क्यों है? मुझे

तो बस दादा जान को सलाम करने में सबसे ज़्यादा खुशी महसूस होती क्योंकि सलाम के जवाब में दादा जान हमेशा खुश होकर गोद में उठाकर मुझे लाड़ करते और लम्बा जवाब देते, "वअलैकुम अस्सलाम व रहमतुल्लाहे व बरकातहू व मग़फिरतहू..." (तुम पर भी सलामती हो, और ईशकृपा, और समृद्धि और ईश्वर द्वारा क्षमा...")

लेकिन ताया अब्बू की तरफ से एक रूखी, "वअलैकुम अस्सलाम." (तुम पर भी सलामती हो या तुम भी सलामत रहो.) के सिवा एक रूखी सूखी बेनियाज़ी.

मुझे समझ नहीं आता कि मेरे अब्बू और अम्मी क्यों हर दम उन्हें खुश रखने की कोशिश करते हैं. हाँ, बाज़ मरतबा मुझे लगता कि ताया, ताई अम्मी से कुछ डरते हैं या उनकी परवाह करते हैं या शायद उनका लिहाज़ करते हैं... पता नहीं यह सब क्या गुल गपाड़ा था. यह सब मुझे समझ नहीं आता. मुझे ताया कभी पसंद नहीं आते. क्यों नहीं आते? मैंने एक बार अम्मी से कहा भी, "मैं सलाम नहीं करूंगा..." दरअसल तो मैं कहना चाहता था कि, ताया अच्छे नहीं हैं या मुझे अच्छे नहीं लगते लेकिन मेरी उम्र ही इतनी कम थी कि मेरे पास अपनी बात सही तरीके से कहने के लिये अल्फाज़ की हमेशा कमी रहती.

लेकिन अम्मी शायद मेरी बात अच्छी तरह समझती थीं. उन्होंने झट मेरे मुंह पर हाथ रखकर कहा, "तौबा-तौबा, ऐसी बात नहीं करते. वो आपके ताया हैं."

"अम्मी ताया क्या होता है?" मैंने पूछा.

"वे आपके अब्बू के बड़े भाई हैं." अम्मी ने कहा.

मैंने अम्मी की बात थोड़ा समझने की कोशिश की फिर पूछा, "भाई क्या होता है?"

जवाब में अम्मी मुस्कुराई फिर लाड़ से बोली, "जब तुम्हारा छोटा भाई आयेगा तब तुम्हें पता चल जायेगा."

मैं समझ नहीं पाया, क्या पता चल जायेगा और कैसे? लेकिन एक दिन एक हैरानकुन बात हुई. मैंने जैसे ही ताया को कहा, "अस्सलामोअलकुम ताया अब्बू." ताया ने मुझे गोद में उठा लिया. लाड़ किया और कहा, "वअलैकुम अस्सलाम व रहमतुल्लाहे व बरकातहू व मगफिरतहू."

यह मेहरबानी हैरानकुन थी लेकिन मुझे बुरा लगा. बुरा लगा कि ताया जिन्हें मैं सख्त नापसंद करता हूँ वे मेरे सबसे पसंदीदा किरदार दादा जान की तरह बनने की कोशिश करे. फिर भी बात तो हैरानी की ही थी...

6

लेकिन मेरी हैरानी और मुझे बुरा लगने के बावजूद, ताया अब्बू का रवैया मुसलसल शफकत भरा बना रहा. बना रहा बल्कि परवान चढ़ता रहा. धीरे-धीरे घर की फ़ज़ा ज़्यादा साज़गार लगने लगी. जैसे लोगों के दरमियाँ मौजूद नादीदह दायरे खुलने लगे हों. घर के लोग एक दूसरे से खुलकर बातें करने लगे. हँसने मुस्कुराने लगे. मैं अपनी मासूम हैरानियों के साथ अपने घर में आने वाले इस प्यारे से इंक़लाब को महसूस करने लगा. धीरे-धीरे मुझे यह इंक़लाब अच्छा लगने लगा.

इस इंक़लाब का असर दादा जान पर भी नज़र आने लगा. अब वे ज़रा ज़्यादा मसरूफ रहने लगे. लेकिन उनकी कमी ताया अब्बू पूरी करने लगे. वे अब न सिर्फ मुझे लाड़ दुलार करते वरन कई मरतबा अपने साथ बाहर घूमने भी ले जाते. कंधे पर उठाकर बाज़ार ले जाते और मुझे तरह-तरह की खाने और खेलने की चीज़ें दिलाते.

ताई अम्मी तो हमेशा मुझे अपने साथ रखने लगीं. अब वे ही मुझे नहलाती धुलाती. मुझे तैयार करतीं, काला टीका लगाती और फिर बड़ी हसरत से जी भर के मुझे देखतीं. मुझे यह सब अच्छा भी लगता और बेचैन भी करता. मुझे वे कभी-कभी बहुत खुश और तंदुरुस्त लगतीं तो कभी बीमार. मैं समझ नहीं पाता कि माजरा क्या है. क्या उन्हें कुछ हो गया है? क्या इसी लिये ताई और ताया मुझे अब इतना चाहने लगे हैं? मेरे दिल में वसवसे पनपने लगे. मैं अपने दिल के खदशात किसके सामने रखूँ और क्या पूछूँ? किस तरह पूछूँ?

लेकिन एक दिन मुझे पता चला कि मेरा डर बेबुनियाद नहीं था. ताई अम्मी अचानक ग़श खा के गिर पड़ी. अम्मी कहीं से दौड़कर आई और सम्हाल ली. ताई अम्मी बेसुध सी थीं. मैं ताई अम्मी के साथ ही था. सहमकर रोने लगा. अम्मी मुझे पुचकारती जाती लेकिन ताई अम्मी को न छोड़ती. बस पल भर में घर में भगदड़

सी मच गई और मैं यह सब देख घबरा उठा. मुझे समझ नहीं आता कि हुआ क्या है लेकिन घबराये-घबराये से चेहरे देख मैं हिचकियाँ लेकर रोने लगा. मुझे दौड़कर ताया ने गोद में उठा लिया और पुचकारकर चुप कराने की कोशिश करने लगे. लेकिन मैं कैसे चुप हो जाता क्योंकि मुझे पुचकारने वाले और दिलासा देने वाले ताया खुद बेचैन थे और उनकी एक नज़र मुझपर तो एक नज़र ताई पर थी.

थोड़ी देर में ताई अम्मी के हवास दुरुस्त हुए. उन्हें अंदर पलंग पर लिटाया गया. अम्मी उनके पैताने बैठी उनके पैर दबाने लगी. मेरा रोना सुन ताई अम्मी ने अपने पास बुलाया और रोने की वजह पूछी, "आप को..." बस इससे आगे क्या कहना है, मुझे सूझा ही नहीं. क्या कहूँ? मैं सोचता रह गया. लेकिन ताई अम्मी ने समझ लिया था शायद.

"अरे मुझे कुछ नहीं हुआ." कहकर ताई अम्मी ने मुझे सीने से लगा लिया, "इतना प्यार करते हो अपनी ताई अम्मी से?..." कहकर मुझे पुचकारने लगीं.

मुझे सवाल कुछ समझ नहीं आया इसलिये जवाब देने का तो सवाल ही पैदा नहीं होता; लेकिन मैं हैरान सा ताई अम्मी को देखता रहा जो मुझसे इतना चहककर बात कर रही थीं और जो अभी-अभी लाश की तरह ज़मीन पर पड़ी थीं, बेसुध.

उस दौर की यादें बड़ी मेरे दिल में, किसी तिलिस्मी दुनिया के राज़दाराना तजुर्बात की तरह महफ़ूज़ है शायद. वरना क्या बात थी कि एक एक तफसील मुझे यूँ याद है. ये यादें कहाँ थीं, जिन्हें मैं समझता था कि मैंने अपनी मेमोरी सिस्टम से झाड़-पोंछकर साफ कर दिया है. क्या इनसान की मेमोरी सिस्टम के लिये डिलिट का कोई ऑप्शन ही नहीं होता. वह डिलिट ऑप्शन से क्या महज़ धोखा खाता है. हाँ, ऐसी ही है इनसान की याददाश्त; वरना क्या वजह थी कि ये सारी बातें आज मुझे यूँ एक-एक कर याद आती जा रही हैं? क्या मैं किसी सहर की गिरफ्त में आ गया हूँ? क्या कोई जादू मुझे जकड़ में ले चुका है?

नहीं. जादू शायद उस दौर में ही था. सहर उस ज़माने का ही था. शायद वह दौर ही कोई तिलिस्मी दौर था. वरना क्या था कि ताई अम्मी रोज़-रोज़ बुरी तरह कै करती हुई बेसुध हो जाती फिर कुछ देर बाद खुश-ओ-ख़ुर्रम. उनका चेहरा जैसे किसी नामालूम से नूर से दमकने लगता. उनके चेहरे पर एक पुरअसरार नरमी नज़र आने लगी. यह जैसे कोई अलग ताई अम्मी थीं. और यह ताई अम्मी मुझे पुरानी वाली ताई अम्मी से भी ज़्यादा पसंद थीं.

इन दिनों अम्मी में भी कई तबदीलियाँ नज़र आने लगीं. वे काफी फुर्तीली हो गई थीं. उनके पैरो में जैसे चक्के लग गये थे और चेहरे पर हमेशा एक नीम

तबस्सुम. वे पहले के बर-अक्स, हमेशा ताई अम्मी के इर्दगिर्द मौजूद रहने लगीं.

इन सब बातों में मुझे एक नामालूम से राज़ का अहसास होता.

एक दिन ताई अम्मी ने मुझसे बड़े राज़दाराना अंदाज़ में बात करते हुए कहा, "नियाज़, तुम्हें मालूम है, तुम्हारा भाई आने वाला है..."

मुझे पता नहीं था, इस बात का क्या मतलब है; लेकिन मैंने पूछा, "भाई...?"

"हाँ, तुम्हारा छोटा भाई. तुम खेलोगे न उसके साथ."

"खेलूंगा...?"

"मारोगे तो नहीं?"

"...?"

"अपने भाई को हमेशा अपने साथ रखना. उसकी हिफाज़त करना..."

अधिकतर बात मेरे पल्ले नहीं पड़ी.

"भाई क्या होता है?" मैंने आखिर पूछ ही लिया.

"जैसे तुम्हारे ताया और तुम्हारे अब्बू, भाई-भाई है न?" ताई अम्मी ने समझाया. लेकिन मेरे कुछ समझ में नहीं आया. मैंने अब्बू और ताया अब्बू को कभी खेलते नहीं देखा था. न साथ-साथ न अकेले ही. मैंने बाहर आंगन की तरफ देखा इस उम्मीद से कि शायद अब्बू और ताया वहाँ नज़र आयेंगे तो यह पहेली सुलझेगी...

लेकिन वहाँ न अब्बू थे न ताया अब्बू.

7

रफ्ता-रफ्ता मुझे एक बात तो साफ होने लगी कि ये जो कुछ भी तबदीलियाँ मैं देख रहा हूँ और जो भी इंकलाब मैं महसूस कर रहा हूँ, इसके पीछे कहीं न कहीं वह है या उसकी आमद है. वह यानी मेरा छोटा भाई.

वक़्त गुज़रता गया और वक़्त के साथ मेरे ज़ेहन में एक बात पुख्ता होती गई कि वह आने वाला मेरा छोटा भाई होगा और मुझे उसे कभी नुकसान नहीं पहुंचाना है बल्कि उसकी हिफाज़त करनी है. वह कौन है? कैसा होगा? जिसकी आमद इतनी तबदीलियों की बाइस है. ज़रूर कुछ खास होगा. मैं इंतज़ार करता रहा और एक दिन ताई अम्मी अपने मायके चली गई.

उनका जाना मेरे लिये किसी सदमे से कम नहीं था. मैं उन्हें कहीं जाने नहीं देना चाहता था और इसके लिये मेरे पास सिर्फ एक ही चारा था और मैंने वही किया. रो-रो कर आसमान सिर पर उठा लिया. मुझे समझाते समझाते ताई अम्मी खुद रोने लगीं. उन्होंने मुझे बहुत समझाया कि मैं तुम्हारे लिये छोटा भाई लाने जा रही हूँ. लेकिन किसी की कोई बात मुझे किसी तरह क़रार नहीं देती थी. कोई मुझे समझा नहीं पाया और न कोई मुझे समझ पाया. मैं रोता रहा और ताई अम्मी अपने भाई के साथ अपने मैके चली गई.

मुझे बहुत बुरा लगा था. मैंने कभी सोचा ही न था कि मेरे साथ इस घर में ऐसा बर्ताव हो सकता है. जहाँ मेरी कोई ज़िद या कोई बात खाली नहीं जाती. जहाँ मेरी एक छींक पर सारे घर वाले ऊपर नीचे हो जाते. और वही ताई अम्मी जो मेरी आंख में एक आंसू नहीं देख सकतीं, मेरे इतना रोने की कद्र नहीं करेंगी. मैं अब कभी ताई अम्मी से बात नहीं करूंगा... अकसर मैं ऐसा सोचने लगा. लेकिन एक दिन जब अम्मी ने कहा, “ताई अम्मी के पास चलना है.” तो मेरी खुशी का ठिकाना न रहा.

"तुम्हारी बहन आई है..." कपड़ों में लिपटे एक गुलाबी रंगत लिये गोश्त के लोथड़े को दिखाकर जब मुझे कहा गया तो मुझे ठगा हुआ महसूस होने लगा.

'अब यह क्या बला है?' मैंने सोचा. अब तक तो किसी भाई के आमद की बात मेरे ज़ेहन में बैठाई गई थी. अब मैं इसे कैसे कबूल कर लूँ? यह तो धोखा है. इन्हीं वजूहात से मैं खुश नहीं था और इसी लिये ताई अम्मी से भी खिंचा खिंचा सा था. हालांकि उस रोते हुए नौमौलूद के गुलाबी सफेद गालों को उंगली से छूकर देखने की हसरत दिल में थी लेकिन बार-बार अम्मी के उकसावे के बावजूद मैंने उसमें कोई दिलचस्पी नहीं दिखाई.

हम वापस आ गये. कुछ दिनों बाद ताया अब्बू, ताई अम्मी को भी ले आये. उनके साथ वही नवजात बच्चा था जो अब पहले के मुकाबले ज़रा तंदुरुस्त और मज़बूत लगने लगा था. अम्मी और ताई अम्मी मुझे कहती रहतीं देखो तुम्हारी बहन. उसका नाम अम्मी ने नसीम रखा था. नसीम यानी सुबह की ताज़गी भरी ठंडी हवा. लेकिन इससे मुझे क्या? मुझे उस नवजात में कोई दिलचस्पी नहीं थी. मुझे उससे शिकायत भी थी कि उसने मेरे हिस्से की तवज्जोह अपनी तरफ खींच ली थी. पहले मैं अकेला हक़दार था अब सब का ध्यान मुझसे ज़्यादा उसकी तरफ रहता. यह सब मुझे बहुत बुरा लगता. शायद इसी इसी लिये मेरे दिल में उसके लिये एक नामालूम सी नापसंदगी पनपने लगी थी.

अम्मी खुश थीं, अब्बू खुश थे और बेशक़ दादा जान सरफराज़ खाँ खुश थे. बस ताया शायद मेरी तरह ठगा हुआ महसूस करने लगे थे. वे फिर से खिंचे-खिंचे रहने लगे थे. मेरी तरह वे भी नसीम पर तवज्जोह नहीं देते. लेकिन यह सब ताई अम्मी पर बहुत भारी गुज़रता. बेचारी ताई अम्मी बड़ी बेबस निगाहों से ताया अब्बू की तरफ देखतीं. ताया अब्बू की बेरुखी मैं खूब समझता था. शायद उन्हें मेरे सिवा कोई नहीं समझता. आखिर ताई अम्मी को क्या ज़रूरत थी एक बहन लाने की... वह लाख खूबसूरत ही सही. जब भाई लाने का वादा किया तो फिर इसे लाने की क्या ज़रूरत थी? लेकिन मुझे ताई अम्मी के लिये बुरा लगता. पता नहीं क्यों मुझे ताया का ताई अम्मी के साथ ये बर्ताव सही नहीं लगता. इसलिये भी मैं ताई अम्मी का दिल रखने कभी कभी उनके पास चला जाता लेकिन नसीम की तरफ एक आँख से भी नहीं देखता.

लेकिन ताया अब्बू तो इतने बददिल हो उठे थे कि वे अब मेरी तरफ से भी बेरुख हो गये थे. वे बेगानों की तरह घर आते और सिर झुकाये बेगानों की तरह चले जाते. अब्बू ने कई बार उनसे कहा भी, "भाई, दिल छोटा न करें..."

लेकिन वे अब्बू को झिड़ककर कहते, "मुझे सिखाने की ज़रूरत नहीं..."

एक दिन मैं भागकर ताई अम्मी के पास जा रहा था. अभी मैं बाहर ही था कि मेरे कान में ताई अम्मी की आवाज़ पड़ी, "आपकी बेटी है आखिर..."

"क्या फायदा?" बेशक़ ये ताया अब्बू की रूखाई भरी आवाज़ थी.

"औलाद में कभी नफा-नुकसान देखा जाता है?" ये ताई अम्मी की आवाज़ थी.

"कभी सोचा है, बुढ़ापे में हमारा क्या होगा? ये तो चली जायेगी अपने ससुराल, हमें कौन देखेगा? और दूसरे की उम्मीद भी नहीं. यही तो कितने मन्नतों मुरादों की है."

"अल्लाह से मायूस नहीं होते, जब एक दिया है तो और भी दे सकता है."

"अरे, तो कब देगा? बुढ़ापे में? उसे बड़ा करते करते ज़िंदगी भी गुज़र जायेगी."

"क्यों मायूस होते हो जी, आखिर नियाज़ भी तो हमारा बेटा ही है."

"अपना, अपना ही होता है बेगम..." ताया अब्बू ने कहा.

"आखिर वो भी तो आपका अपना ही खून है..." ताई अम्मी ने समझाया.

"मैंने कब इनकार किया, लेकिन सिर्फ खून का रिश्ता होने से बात नहीं बनती. लाख अपना कहें, है तो भाई का ही बेटा."

"कैसी बात करते हो जी... ज़रा तो ख़ुदा का ख़ौफ रखो." ताई अम्मी रुआंसी हो गई थीं.

"मैं कोई ग़लत नहीं कह रहा. हकीकत तो यही है. इसे जितनी जल्दी समझ जाओ बेहतर है."

इन बातों का मफहूम समझने लायक मेरी उम्र न थी. फिर भी, मुझे लगा कि ये सब बातें कुछ ठीक नहीं हैं और मैं इन्हें सुनना नहीं चाहता था. मैं उलटे पैर वापस आ गया. इसके बाद ताया अब्बू और ताई अम्मी के कमरे की तरफ जाने में मुझे अजीब सी झिझक होती.

अम्मी अब्बू को शायद इस बात की कोई खबर नहीं थी. या शायद थी, पता नहीं. लेकिन अम्मी अब्बू, ताया अब्बू के रवैये से काफी ग़मगीन रहते. वे दोनों भी आपस में इसी मौज़ूं पर बातें करते. कई तरकीबें सोचते और फिर मायूसी का इज़हार करते. घर में फिर जाने कैसी तो उदासी नज़र आने लगी. लगा हँसने, मुसकुराने से भी लोग डरने लगे हैं.

लेकिन सरफराज़ खाँ यानी दादा जान इस बार इस तरफ से काफी बेनियाज़ नज़र आते. वे बस एक नज़र ताया अब्बू पर डालते और अपने काम में मशगूल रहते. यूँ लगता मानो उनके ज़ेहन में कोई खिचड़ी पक रही है. खिचड़ी तो पक रही थी... और जब ये पूरी तरह पक गई तभी सामने आई.

8

वक़्त के साथ नसीम भी बड़ी होने लगी. अब वह पैर चलने लगी और सारे घर के चक्कर लगाने लगी थी. अब दादा सरफराज़ खाँ के घर में दाखिल होने की आहट पर वह दौड़कर दादा से लिपटने में अपने चचाज़ाद भाई नियाज़ खाँ से यानी मुझसे मुकाबला करने लगी. सरफराज़ खाँ जब भी तख़्त पर आकर बैठते तो उनकी एक गोद में पोता नियाज़ और दूसरी गोद में पोती नसीम... और ये मंज़र बिल्कुल आम हो गया था.

फिर भी कुछ था जो इन खूबसूरत पलों पर भारी था...

सोहराब खाँ के मिलने जुलने वाले या दोस्त अहबाब, जाने कौन थे वे लोग जो सोहराब खाँ की कमज़ोर रग को बार-बार दबा रहे थे. सोहराब खाँ जब भी घर आते तो उखड़े-उखड़े. धीरे-धीरे वारिस न होने की बात जैसे उनके रगो-जां में बसती जा रही थी. किसी की, किसी भी बात का, किसी समझाईश का उनपर कोई असर नज़र नहीं आता. अब सोहराब खाँ पीरों फकीरो के चक्कर काटने लगे. दोस्तों यारों के किस्म-किस्म के नुस्खे आज़माने लगे. नीम-हकीम और ताबीज़ गंडो में पैसे उड़ाने लगे. लगने लगा था कि यह बात उन्हें ज़ेहनी मरीज़ बनाकर छोड़ेगी. ताई अम्मी परेशान रहने लगीं और उनके साथ अम्मी अब्बू भी.

सरफराज़ खाँ अपने बड़े बेटे की हालत देख रहे थे.

“इस तरह तो तुम, बाप-दादा की सारी दौलत इन ताबीज़ गंडो वालों में और नीम हकीमों में लुटा दोगे.” एक बार सरफराज़ खाँ ने अपने बेटे को टोकते हुए कहा.

“मैं सिर्फ अपना हिस्सा ही लुटा रहा हूँ. किसी और का हिस्सा नहीं.” सोहराब खाँ ने जवाब दिया तो सारा घर सन्न रह गया.

क्या कोई सरफराज़ खाँ से इस लहज़े में बात कर सकता था? लेकिन वक़्त जितने खेल न दिखाये कम है.

"हिस्सा? कैसा हिस्सा?" सरफराज़ खाँ ने पूछा.

"क्या इस ज़मीन-जायदाद में मेरा हिस्सा नहीं है?" सोहराब खाँ ने उलटकर सवाल किया.

"बहुत बड़ी बड़ी बातें आने लगी हैं?" सरफराज़ खाँ की दहाड़ ज़माने बाद ज़माने ने सुनी, "अभी किसी का कोई हिस्सा बटवारा तय नहीं हुआ है."

"तो तय कर दीजिये..." कहते हुए सोहराब तेज़ी से बाहर की तरफ लपके.

महताब खाँ, जो अब तक चुपचाप और सहमे हुए से खड़े तमाशा देख रहे थे, लपक कर भाई को लिपटते हुए बोले, "भाई, सब कुछ आपका ही है. हमें कुछ नहीं चाहिये. हम तो बस एक कोने में पड़े रहेंगे..."

"अब्बा के सामने ज़्यादा शरीफ बनने की कोशिश मत कर. तेरी चालाकियाँ मैं अच्छी तरह समझता हूँ..." कहते हुए सोहराब खाँ ने अपने छोटे भाई को नफरत से दूर ढकेल दिया और फुर्ती से बाहर निकल गये.

सरफराज़ खाँ सब कुछ अपनी आँखों से देखकर भी खून का घूंट पीकर रह गये.

कल तक जिस पहलवान सरफराज़ खाँ के सामने आसपास के सत्ताईस गांव के पहलवान भी ऊंचा बोलने की हिमाकत नहीं करते थे आज वही सरफराज़ खाँ खुद अपने ही घर में अपने ही बेटे की हिमाकत बर्दाश्त कर रहे थे. औलाद के सामने बड़े-बड़े सूरमा भी लाचार हो जाते हैं; फिर ये तो बस सरफराज़ खाँ थे. उनकी आँखों में अपने बड़े बेटे के लिये दर्द तो साफ नज़र आता; फिर भी वे जैसे किसी बात के इंतज़ार में थे.

यह सब बड़ी बहू से देखा नहीं जा रहा था. वह दौड़ती हुई आई और ससुर के पैरो लिपटकर रोने लगी, "अब्बा जी, उनका दिल दिमाग ठिकाने से नहीं है. उन्हें माफ कर दीजिये... वे बहुत रंजीदा हैं. मुझसे उनका ये गम देखा नहीं जाता... मैं ही कमनसीब उन्हें वारिस नहीं दे सकी..."

"तुम रंज न करो बेटा. तुम्हारा कोई कसूर नहीं..." सरफराज़ खाँ ने बहू के सिर पर हाथ रखकर कहा, "शायद मुझसे ही देर हो गई. मुझे पहले ही इस मसले का हल निकाल लेना था."

उस रात किसी से ढंग से खाना नहीं खाया गया. सुबह भी नहीं. सोहराब खाँ जैसे घर आये ही न हो. वे किसी से नज़र मिलाने की हिम्मत नहीं कर पा रहे थे. सरफराज़ खाँ, फिर भी यूँ बने रहे जैसे कुछ हुआ ही नहीं.

घर में खामोशी छाई हुई थी. सब सहमे हुए थे. सब को महसूस हो रहा था जैसे किसी तूफान के पहले की खामोशी हो. तूफान जो सरफराज़ खाँ के दिल में समाया हुआ था. शायद कोई सैलाब सरफराज़ खाँ के ज़ेरे लब था. लगता था यह सैलाब,

जैसे सरफराज़ खाँ के दिल का बांध तोड़कर अब आया कि अब आया.

हफ्ते के बाज़ार का दिन था. हर हफ्ते की तरह आज भी सरफराज़ खाँ ने सारा सौदा-सुलफ किया. हर हफ्ते की तरह गोश्त, सब्ज़ी-तरकारी और फल-फूल भी थे. बाकी हफ्तों से अलग इस बार के सौदे में मिठाईयों की कई किस्में थीं. सौदा उलटते हुए दोनों बहुएँ हैरान और परेशान सी एक दूसरे का मुंह देखने लगीं. वे दोनों खामोश थीं जैसे बोलते हुए उन्हें डर लग रहा हो. क्या यह एक साथ गुज़ारा हुआ आखरी हफ्ता है या आखरी दिन. क्या सचमुच आज के बाद किसी भी दिन अब्बा जी बटवारे का एलान करने वाले हैं? कैसे गुज़रेंगे दिन अकेले? दोनों बहुओं को एक दूसरे की आदत पड़ गई थी और एक दूसरे की मौजूदगी दोनों को हौसला देती थी. बुरा किया था सोहराब खाँ ने बटवारे की बात ज़बान पर लाकर. दोनों डरी हुई थीं. उन्हें समझ नहीं आ रहा था इतनी सारी मिठाइयों का क्या करना है. दोनों ने तश्तरियों में मिठाइयाँ निकाली और सरफराज़ खाँ के सामने रख दीं.

"तुम दोनों भी यहीं बैठ जाओ बेटा." सरफराज़ खाँ ने संजीदा लहज़े में हुक्म दिया तो दोनों एक दूसरे का मुंह तकने लगीं. आज तक कभी ऐसा हुक्म नहीं हुआ था. सरफराज़ खाँ इत्मीनान से तखत पर बैठे थे. उनकी एक गोद में नियाज़ और दूसरी गोद में नसीम बैठे थे. सरफराज़ खाँ के हाथ में छुरी थी जिससे वे गन्ने की पेरियाँ बना बना कर दोनों बच्चों को खिला रहे थे.

"और वो दोनों साहबज़ादे भी घर आ गये कि नहीं?" वे बोले.

"जी आ गये..."

"उन नालायकों को भी यहीं बुला लो." दोनों बहुएं थर्रा उठीं, आखिर वो वक़्त आ ही गया जिससे वे डर रही थीं. दोनों को लगा इस हालात से भागने का यह सही मौका है. अपने-अपने खाविंद को अब्बा जी के सामने कर दोनों घर के किसी कोने में कान बंद कर छुप जायेंगी ताकि बटवारे की कोई बात कान में न पड़े.

"अच्छा तुम रुको, मैं ही आवाज़ देता हूँ." सरफराज़ खाँ बोले और दोनों बेटों को आवाज़ दी. दोनों बेटे डरते डरते सामने आ खड़े हुए. गर्दन झुकाये.

"तुम्हें हिस्से बटवारे का हिसाब किताब चाहिये था न?" सरफराज़ खाँ बिल्कुल ठंडी आवाज़ में बोले.

"गलती हो गई अब्बा जी, माफ कर दीजिये. आइंदा ऐसी बात ज़बान पर नहीं आयेगी." थरथराते हुए सोहराब खाँ बोले. आवाज़ से लगा कि और बोले तो रो पड़ेंगे.

"सोहराब खाँ, ज़बान से निकली बात और कमान से निकला हुआ तीर कभी वापस नहीं आते. बात तो अब ज़बान से निकल गई है और इसके जवाब में मेरा फैसला भी सुन लो..."

सरफराज़ खाँ थोड़ी देर के लिये ठहर गये. जैसे वक़्त ठहर गया. सब की सांसे ठहर गईं. सरफराज़ खाँ ने एक उड़ती नज़र सब के चेहरों पर डाली.

“ऐसा ग़ज़ब मत कीजिए अब्बू जी. मुझे कुछ नहीं चाहिए. सब कुछ बडे भाई को दे दीजिए. मुझे बस कोने में पड़े रहने की इजाज़त दे दीजिए...” यह अब्बू यानी महताब खाँ थे जो अपने वालिद के घुटने थामे अपने घुटनों के बल, ज़मीन पर आ गिरे थे. उनकी आँखों में खौफ साफ नज़र आता था. उनकी हालत पर दोनों बहुएं भी मुंह में दुपट्टा दबाए सिसक रही थीं.

“मुझे भी कुछ नहीं चाहिए अब्बू जी. सब कुछ माहताब को दे दें... मेरे कुसूर की इतनी बड़ी सज़ा मत दीजिए...”

“किसी को कुछ नहीं मिलेगा...” पहलवान सरफराज़ खाँ गरजे. एक पल को सब की सांसे थम गईं. क्या सरफराज़ खाँ अपने पुरखों की जायदाद वक़्फ करने जा रहे हैं?

“जो कुछ है, सब नियाज़ और नसीम का है. यही दोनों इस खानदान के असली वारिस हैं. और आज मेरा फैसला भी सब सुन लो...” सरफराज़ खाँ की गरजदार आवाज़ गूंज उठी. सब दम साधे सुनते रहे. किसी को कुछ समझ नहीं आ रहा था कि अब्बू जी यानी सरफराज़ खाँ आखिर कहना क्या चाहते हैं.

“नसीम तुम्हारी बेटी है न?” अपने बड़े बेटे सोहराब की तरफ देख सरफराज़ खाँ ने पूछा.

“जी...” सहमी सी आवाज़ में जवाब दिया सोहराब खाँ ने.

“और मियाँ, नियाज़ खाँ तुम्हारा बेटा है?” अपने छोटे बेटे माहताब से पूछा.

“जी...” बड़ी मुश्किल से महताब खाँ के गले से आवाज़ निकली.

“लेकिन सबसे पहले ये दोनों मेरे पोता पोती हैं. और ये दोनों ही मेरे वारिस होंगे. और तुम लोगों के बुढ़ापे का सहारा भी. तुम चारों की सारी ज़िम्मेदारी इन दोनों पर होगी. मैं इन दोनों का रिश्ता तय करता हूँ...” फिर बड़े बेटे की तरफ देख कर कहा, “नियाज़ तुम्हारा दामाद होगा और मियां महताब, नसीम तुम्हारी बहू. किसी को मेरे इस फैसले पर ऐतराज़ है?...”

सरफराज़ खाँ के फैसले पर ऐतराज़ करने की हिम्मत किसमें थी. लेकिन इस नागहाँ फैसले पर अपना रद्देअमल ज़ाहिर करने की हिम्मत भी शायद किसी में न थी. तभी तो कुछ वक़्त लगा महताब खाँ को...

यकायक महताब खाँ उठे और बड़े भाई के सामने दामन फैलाकर बोले, “भाई, रिश्ता कुबूल कर लो. खुदा का वास्ता नसीम हमें दे दो.” कहते कहते महताब खाँ, भाई के सामने घुटनों के बल बैठ गये.

दोनों बहुएं एक दूसरे का हाथ थामे, सांस रोके, सोहराब खाँ के जवाब का इंतज़ार करने लगीं.

"बस कर महताब, अब क्या रुलाकर दम लेगा..." कहते हुए सोहराब खाँ ने भाई को उठाकर गले से लगा लिया और आँख में उमड़ आये आंसू पोंछने लगे. दोनों बहुएँ एक दूसरे के हाथ थामे, अब तक दिल ही दिल में जाने कितनी मन्नत मुरादें मान चुकी थीं. सोहराब खाँ के जवाब पर खुशी के मारे रोती हुईं एक दूसरे से लिपट गईं.

"भाभी जान, नियाज़ आपका हुआ..." अम्मी ने खुशी के आंसू पोंछते हुए कहा.

"चल पगली! वह ग़ैर था ही कब?..." ताई अम्मी ने अम्मी के आंसू पोंछते हुए कहा.

मैं हैरान सा इस सारे वाक़ये को समझने की कोशिश करता रहा, लेकिन कुछ समझ नहीं आया. नसीम, दादा जान की गोद में बैठी गन्ने की गडेरियाँ चूसती रही. उसे जैसे इस सब से कोई मतलब नहीं. वह तो मेरे हिस्से की गडेरियाँ भी चूस गई.

उस दिन के बाद किसी ने ताया अब्बू सोहराब खाँ को नाखुश नहीं देखा.

*

9

उस दिन के बाद किसी ने ताया अब्बू को नाखुश नहीं देखा. हाँ उनके वालिद के इंतकाल के बाद वे ज़रा संजीदा से हो गये थे; लेकिन जल्दी ही खुद को सम्हाल लिया. लेकिन छोटे भाई की वफात ने ज़रूर उन्हें तोड़ दिया... लेकिन वह बाद की बात थी.

खानदान का चश्मोचिराग़ नियाज़ खाँ, यानी कि मैं जब से स्कूल जाने लगा, दादा जान ने महसूस किया कि लड़के में कुछ खास बात है.

"ये लड़का हमारी खानदान का नाम रौशन करेगा." वे अकसर कहने लगे. वैसे भी स्कूल की तालीम से पहले ही मेरी दीनी तालीम गांव की मस्जिद में शुरू हो चुकी थी. मौलवी साहब कई मरतबा दादा जान से कह चुके थे, "लड़का ज़हीन है पहलवान खाँ, मेरी मानो तो इसे हाफिज़ा करवा दो."

"उससे क्या होगा मौलाना?" सरफराज़ खाँ ने मौलवी साहब से पूछा. मौलवी साहब, उनके बचपन के दोस्त थे.

"तुम्हें बख्शवा देगा. पूरे खानदान की बख्शिश करवा देगा." मौलवी साहब ने कहा.

"तुमने तो अपने खानदान की बख्शिश करवा ली न?"

"अरे मज़ाक छोड़ो पहलवान मैं संजीदा हूँ..." मौलाना ने कहा.

"ऐसा है मौलाना, हमारे साथ के सारे लड़कों में तुम सबसे ज़हीन थे? बोलो हाँ, के ना?"सरफराज़ खाँ ने मौलवी साहब की जैसे दुखती रग पर हाथ रख दिया.

"हाँ, ये बात तो है..." सिर झुकाकर मौलवी साहब ने धीरे से जवाब दिया.

"और कुरआन का हाफिज़ा करने में तुमने कितनी मेहनत की?"

"ये तो मत पूछ मेरे यार. आज के बच्चे इतनी तकलीफ उठा भी नहीं सकते. वालदैन से दूर मदरसे के कड़े कायदे कानून..." मौलवी साहब जैसे अपने पुराने

दिनों में लौट गये थे, "अलस्सुबह पहेट में उठकर नहाना, फिर फज्र की नमाज़ के बाद कुरआन की तिलावत और हाफिज़ा शुरू... कुरआन शरीफ का एक-एक लफ्ज़ हर्फ बा हर्फ याद करना, सही सही तलफ्फुज़ के साथ... मज़ाक नहीं है पहलवान. फिर ऊपर से उस्तादों की सज़ा की दहशत में सारा बचपन कहाँ चला गया, पता ही नहीं चला..."

कहते कहते मौलवी साहब जैसे कहीं खो गये?

"इतनी मेहनत के बाद तुझे क्या मिला? एक खेत में मजूरी करने वाले मजदूर से भी कम तनखवाह देते हैं मस्जिद कमेटी वाले."

"उनका भी क्या कसूर?" मौलवी साहब ने अपनी बात रखी, "आवक ही कितनी होती है? चंदे से ही मुअज़्ज़िन की तनख्वाह, ईमाम की तनख्वाह, मस्जिद का रख रखाव..."

"इस कौम का सबसे गरीब बाशिंदा होता है ईमाम." सरफराज़ खाँ बोले, "अफसोस होता है... कैसे गुज़र बसर होता होगा?"

"छोड़ यार पहलवान. तुम जैसे यार दोस्त तो हैं, बाकी सब अल्लाह देखने वाला है. दुआ ताबीज़ वगैरह के सहारे कुछ चल जाता है."

"हाँ, दुआ ताबीज़...?"सरफराज़ खाँ ने तंज़ के लहज़े में कहा.

"देख यार दिल तो नहीं करता. अल्लाह तआला को मुंह दिखाना है. कुरआन का इल्म पैसे कमाने के लिये तो नहीं है. इसके पैसे नहीं लेना चाहिये. लेकिन घोड़ा घास से दोस्ती करे तो खायेगा क्या?"

"ये हालत है इस कौम के ईमामो की..." सरफराज़ खाँ ने पूछा. मौलवी साहब सिर झुकाये खामोश रह गये.

"जिस कौम के ईमामो की ये हालत हो मौलाना, उस कौम का तो अल्लाह ही मालिक है. देख लेना मौलाना यह कौम बहुत जल्द ही बड़े अज़ाबों से गुज़रेगी..."

"बेशक़ पहलवान, यह तो हमारे हुज़ूर की हदीस में है. और हदीस की बात झूठ कैसे हो सकती है."

और भी जाने क्या बातें हुई कुछ मुझे समझ आई कुछ नहीं लेकिन उन्होंने एक हदीस का हवाला भी दिया, "...पता है न तालीम के बारे में हमारे हुज़ूर स.अ. फर्माते हैं कि इल्म(ज्ञान) मुसलमानों की मीरास (पूर्वजो की विरासत) है और इसे हर हाल में हासिल करो..."

आखिर में दादा ने अपने मासूम पोते से सवाल किया, "मेरा पोता पढ़-लिखकर क्या बनेगा? बैरिस्टर बनेगा कि कलेक्टर बनेगा?"

"कलेक्टर..." पोते ने जवाब दिया क्योंकि कलेक्टर कहना भी मुश्किल ज़रूर है लेकिन उसे कलेक्टर बोलना बैरिस्टर बोलने से ज़्यादा आसान लगा.

दादा का सीना फख्र से चौड़ा हो गया. उस दिन के बाद से दादा जान अकसर नियाज़ खाँ को कलेक्टर कहकर बुलाते और नसीम को कलेक्टरनी...

*

10

दादा जान जब भी मुझे कलक्टर साहब कहकर पुकारते, पता नहीं क्यों ताया अब्बू का चेहरा खिल उठता. बचपन में समझ न आने वाले कई राज़ में एक राज़ यह भी था. राज़ की बातें याद करूँ तो एक नसीम की वह मासूम सी समझ न आने और सच कहूँ तो कुछ परेशान करने वाली बात मुझे अकसर याद आती है.

बात यूँ थी कि अकसर स्कूल से आने वाली मेरी शिकायतों को देखते हुए दादा जान सोहराब खाँ ने फैसला दिया कि नियाज़ खाँ शहर में अपने मामू के घर रहकर पढ़ाई करेंगे. गांव में तो वे मास्टरों को पढ़ा देंगे. गांव में तो वे सरफराज़ खाँ के पोते हैं. शहर में कोई सरफराज़ खाँ का लिहाज करने वाला नहीं मिलेगा.

तजवीज़ सब को पसंद आई. इस तरह गांव मुझसे जो छूटा तो फिर कभी अपना न हो सका. बस छुट्टियों में ही घर आता और आते साथ दादा जान के पास जा घुसता. जब एक साल मैं शहर से घर आकर सीधे दादा जान की गोद में जा चढ़ा तब लगा जैसे कोई वहाँ से उठकर भागा और सब दादा जान सहित सब घर वाले हँसने लगे. मैं यकायक हुए इस हादसे से झेंप गया. वह नसीम थी, जिसे मैं वहाँ देख नहीं पाया था. लेकिन वह भागी क्यों? और बाकी सब लोग हँस क्यों रहे हैं? ऐसी कौन सी मजेदार बात हो गई? मैंने दाद जान से पूछा भी वह क्यों भागी? दादा जान ने कोई जवाब नहीं दिया बस हँसकर टाल दिया. मुझे यह बात बिल्कुल याद नहीं रही थी कि मेरा उससे रिश्ता तय हो चुका है और यह रिश्ता मेरे प्यारे दादा जान ने ही तय किया है. हाँ, ऐसा भी नहीं था कि मुझे मालूम नहीं था. मालूम था, बस याद नहीं था. मेरे नज़दीक वह इतनी खास बात भी नहीं थी कि सदा याद रखी जाये. मेरे नज़दीक और बहुत सी बातें मायने रखती थीं, जैसे वे बातें जो स्कूल की पढ़ाई के दौरान मैंने जानी या वो हादसे जो इस दरमियाँ मेरे साथ गुज़रे...

लेकिन यह एक ही बार नहीं हुआ. अब मुझे हमेशा ऐसा महसूस होता मानो कोई छुप छुपकर मुझे देख रहा है. कभी-कभी मुझे दबी दबी हँसी सुनाई देती लेकिन नज़र कोई नहीं आता. मैं समझ गया यह नसीम थी. अब वह कभी मेरे सामने आती नहीं लेकिन मैं घर में जिधर जाता वहाँ से एक साया सा भागता हुआ देखता. मैं बिल्कुल भौंचक रह जाता. मैं समझ नहीं पाता वह घर में हर जगह पहले से कैसे मौजूद रहती है? गर्ज के मैं जितने दिन वहाँ रहा, नसीम को एक नज़र भी देख न सका या तो उसका भागता हुआ साया देखा या उसकी दबी-दबी हँसी सुनी.

मेरी स्कूल खुल गई और मैं वापस मामू के यहाँ चला आया. लेकिन यकीन मानिये, इतने दिन मैं घर पर रहा पर मजाल है जो नसीम को एक बार एक नज़र देखा... बात करना और साथ खेलना तो दूर की बात... यह हादसा मेरे लिये हैरान करने वाला था.

अगली छुट्टियों में जब मैं घर आया तो और ज़्यादा परेशान हुआ. मैं घर में होता या बाहर खेलने जाता, मैं जहाँ जाता वह पहले से मौजूद होती और इससे क़ब्ल कि मैं उसे देखूं वह मुझे देख लेती और इस तरह भागती कि मैं भौंचक खड़ा देखता रह जाता. वह अगर बाहर अपनी सहेलियों के साथ खेल रही है और मैं बाहर आया तो बस वह खेल छोड़ भाग जाती और उसकी सहेलियां मुझे देख खिलखिलाकर हँसने लगती. मुझे बहुत बुरा लगता. या कभी मैं अपने दोस्तों के साथ खेल रहा हूँ और ऐसे में वह कहीं से आये और इससे पहले कि मेरी नज़र पड़े या मेरे दोस्त देखकर मुझे इशारा करें, वह हवा की रफ्तार से भाग जाती और नतीजा वही... सब लड़के खी-खी करके हँसते और मैं भौंचक रह जाता. इससे मुझे परेशानी होने लगी. धीरे-धीरे मैं इससे चिढ़ने लगा और घर में शिकायत करने लगा.

मैं घर में पूछता वह ऐसा क्यों करती है तो सब जवाब में हँस देते. मैंने अम्मी से पूछा तो अम्मी बोली, “बेटा वो शरमाती है.”

“वो क्यों शरमाती है? मैं तो नहीं शरमाता.”

“बेटा वो लड़की है...”

“मुझे ये सब अच्छा नहीं लगता.” मैंने कहा.

“ठीक है, मैं उसे समझा दूंगी.” अम्मी ने कहा. लेकिन अम्मी ने भी कहकर सिर्फ टाल ही दिया. मुझे यकीन है, उससे कभी कुछ कहा नहीं होगा.

मैंने ताई अम्मी से शिकायत की उन्होंने भी तसल्ली दी, “ठीक है, मैं डांटूंगी उसे...”

लेकिन नसीम की इस हरकत में कोई फर्क नहीं आया. आखिर मैं आजिज़ आ गया. धीरे-धीरे मेरी ये आजिज़ी भी चिढ़ में बदलने लगी और अब नसीम मुझे फूटी

आंख न भाती. हालांकि भायेगी तो तब न जब मैं उसे देख सकूँ या हँस बोल सकूँ. और मैंने अपनी ये कैफियत छिपाई भी नहीं मैंने अम्मी से कह दिया-

"मैं नसीम से शादी नहीं करने वाला."

"शीस्स्स..." अम्मी ने मेरा मुंह पकड़ते हुए कहा, "ऐसा नहीं बोलते बेटे... आपके बुज़ुर्गों की ज़बान है... सिर कट जाए ज़बान नहीं कटती..."

*

11

स्कूलें खुल गईं और मैं एक बार फिर मामू जान के घर वापस आ गया. मैं जब से शहर में रहकर पढ़ने लगा था, मेरा गांव घर मुझे कुछ अजीब से लगने लगे थे. मुझे वह जगह अपनी सोच और पसंद के हिसाब से, एक पिछड़ी और गई गुज़री सी जगह लगने लगी थी. मैं जैसे जैसे बड़ा होता गया, अपना गांव घर जो कि मेरा अपना था, पराया लगने लगा. ऐसा लगने की कुछ वजुहात भी थीं. बेखुदी बेसबब तो नहीं होती न?

कुल बात का मतलब यही था कि मुझे ज़्यादा दिन अपने गांव में रहना पसंद नहीं था. वहाँ के दोस्तों में और यहाँ के दोस्तों में भी ज़मीन आसमान का फर्क था. वहाँ खुशहाली और आज़ादी थी तो यहाँ ख्वाब थे और ख्वाब मुझे हमेशा से मुतास्सिर करते रहे. ख्वाबों में जो कशिश है वह हक़ीकत में कहाँ? मैंने यहाँ आकर नए ख्वाब बुनने शुरू कर दिये थे और ये कोई बुरी बात तो थी नहीं.

हाँ, अगर मैं ये कहूँ कि शहर वापस आने के बाद मुझे किसी की याद नहीं आती थी तो यह गलत होगा. मुझे अम्मी की कमी तो खास तौर से खलती थी. पता नहीं क्यों? हाँ, अब्बा की भी याद आती थी और ताया अम्मी, ताया अब्बू की भी लेकिन दादा जान तो बहुत ही याद आते. और नसीम भी. लेकिन उसकी यादें मेरे पास बहुत ज़्यादा नहीं थीं. मेरे ज़हन में सिर्फ तब का उसका चेहरा था जब हम दोनों ही दादा जान की गोद में एक साथ बैठते और दोनों ही उन्हें मुतस्सिर करने में एक दूसरे से होड़ लेते. लेकिन उसके बाद का उसका चेहरा मेरे लिये एक पहेली सा बनकर रह गया था. उसका वजूद मेरे लिये सिर्फ एक भागते-छिपते साये या किसी कोने या किसी दरवाज़े या किसी खम्बे या किसी भी किस्म की आड़ के पीछे से आती एक खिलखिलाहट से ज़्यादा कुछ नहीं रह गया था. फिर भी वह याद तो आती थी. कभी दिल करता कि इस बार गांव जाऊंगा तो उसे उसकी इस हरकत पर डाटूंगा.

लेकिन कैसे? वह कभी सामने आये तब न! घड़ी भर को ठहरकर मेरी बात सुने तब न? सौ बात की एक बात कि बड़ा होकर उससे शादी से इंकार कर दूँ. यही ठीक रहेगा. लेकिन क्या यह मुमकिन है? क्योंकि रिश्ता तो दादा जान ने तय किया है और दादा जान के खिलाफ जाने की हिम्मत किसमें है? लेकिन वही दादा जान जब दुनिया से रुखसत हुए और मुझे खबर मिली तब मेरे इम्तेहान चल रहे थे, सो मैं उनके आखरी दीदार से भी मेहरूम रह गया.

दादा जान का गुज़रना, एक दौर के गुज़रने की तरह था. सब कुछ वैसा ही था सिर्फ दादा नहीं थे लेकिन यूँ लगने लगा जैसे बहुत कुछ बदल सा गया है. लेकिन चार महीने बाद एक दिन की बीमारी के बाद अब्बू का चले जाना, वाकई में बड़ी तब्दीलियों का सबब बना. अम्मी भी गांव छोड़ मामू के घर यानी मेरे पास रहने आ गईं. यह मुझे अच्छा लगा लेकिन ताया और ताई को शायद अच्छा नहीं लगा.

"सब तो चले गये, अब तुम भी छोड़ जाओगी..." ताई अम्मी ने अम्मी जान से शिकवा किया.

इद्दत गुज़रने के बाद मामू जान और मुमानी जान अम्मी को लेने आये थे. उसी वक़्त उन्होंने तज़वीज़ की थी कि अम्मी अब नियाज़ के पास ही रुके तो ठीक रहेगा. नियाज़ की पढ़ाई-लिखाई का ज़ोर भी अब बढ़ने लगा है... सुनकर ताया अब्बू कुछ न कह सके उनकी ज़बान जैसे गले में ही अटक गई थी. उन्होंने सूनी निगाहें ताई अम्मी पर जमा दी मानो कह रहे हों- अब जो भी कहना है तुम ही कहो.

"आप समझ सकती हैं भाभी जान, नियाज़ की तालीम हम सब की ज़िम्मेदारी है. और हम अलग तो नहीं हो रहे. मैं अपना सब कुछ यहीं तो छोड़कर जा रही हूँ." अम्मी ने कहा तो ताई अम्मी ने भी ज़्यादा ज़ोर नहीं दिया. शायद वे समझती थीं कि घर की एकजहती के लिये अब किसी का इस बात पर ज़ोर देना ठीक नहीं है. या जो हो रहा है शायद वही सब के लिये ठीक भी है. उन्होंने बस इतना कहा-

"इतना बड़ा घर सूना हो जायेगा..."

"आपकी बहुत याद आयेगी भाभी..." अम्मी ने कहा और फफक पड़ी. ताई अम्मी ने उन्हें गले से लगाया और दोनों देवरानी-जिठानी लिपटकर रोने लगीं.

"ऐसा दिन भी आयेगा... किसने सोचा था..." वे रोते-रोते कहती जातीं.

शाम ढल गई. रात गहरा गई और बहुत सी बातें अनकही रह गई. ताया, ताई और अम्मी सभी समझदार थे. इसलिये बातें आगे नहीं बढ़ीं और तीनों ने इस बात को तस्लीम किया कि जो हो रहा है, किस्मत का खेल है. इसमें किसी का कोई हाथ नहीं. हाँ, ताया अब्बू की ज़िम्मेदारी अब कई गुना बढ़ गई थी.

नसीम ज्यादातर अम्मी के पास ही सोने लगी थी लेकिन उस रात अम्मी ने नसीम को अपने से अलग होने ही नहीं दिया. सबेरे बिदाई के वक़्त अम्मी ने नसीम का खूब लाड़ दुलार करने के बाद उसे ताया अब्बू और ताई अम्मी को वापस सौंपते हुए कहा-

"भाई जान, भाभी जान, मैं अपनी अमानत आपके पास छोड़ रही हूँ, इसका ख्याल रखना..."

और इसके बाद सरफराज़ खाँ की हवेली सूनी हो गई.

*

12

बचपन की बातें गुज़र गईं, यादें गुज़र गईं. मैंने देखा, अब मैं हक़ीकत की ज़मीन पर खड़ा था और हक़ीकत की ज़मीन ज़रा ठोस होती है. यह वही ज़मीन थी, मैं सारी राह जिसके खयालों में गुम रहा. मेरी ज़मीन. मेरे आबा-ओ-अज़दाद की ज़मीन. ज़मीन जिससे मेरी जड़ें जुड़ी हुई थीं. घुर्र सी एक आवाज़ हुई और मैंने पीछे मुड़कर देखा.

बस चली गई और मैं उसके पीछे उठे धूल के गुबार को देखता रह गया. मुझे अब चलना चाहिये, दिल में खयाल उठा. मैंने चारों तरफ नज़र घुमाकर देखा.

'किधर?' दिल ने पूछा. मैं क्या जवाब देता? मेरे पास खुद जवाब नहीं था. यह वह मेरे बचपन वाला गांव थोड़ी था. सब कुछ कितना बदल गया था. मैं ज़रा भी अंदाज़ नहीं लगा पा रहा था, यह बस डिपो गांव के किस सिम्त में वाके है. ऐसे में, मैंने पहला काम ये किया कि बस डिपो से बाहर आ गया. बाहर आते ही एक ऑटो मेरे पास आया.

"पुरानी इमली?..." मैंने दर्याफ्त किया.

ऑटो वाले ने मुझे ऊपर से नीचे यूँ देखा जैसे मुझे समझने की कोशिश कर रहा हो. फिर जैसे मुझे समझ न सका हो, यू-टर्न लेकर वापस चला गया. मैं अपनी हैरानियों के साथ अकेला खड़ा रह गया. दूर पर एक दूसरा ऑटो खड़ा था. वहाँ जाकर मैंने दर्याफ्त किया- "पुरानी इमली..."

उसने नज़र उठाकर मुझे एक नज़र देखा और फिर इनकार में सिर हिला दिया. मैं क्या करूँ सोचता कुछ पल खड़ा रह गया. रोड के किनारे एक चाय नाश्ते की होटल थी और उससे लगा एक पान-ठेला था. मैंनें पान-ठेले वाले से जाकर पूछा- "भाई, ये पुरानी इमली के लिये ऑटो कहाँ से मिलेगा?"

उसने मुझे एक नज़र देखा और पूछा- "ये पुरानी इमली किधर है साहब?"

"कब्रिस्तान के पास..." मैंने हैरान होते हुए जवाब दिया क्योंकि पुरानी इमली के उस कदीम दरख्त के नाम से ही हमारे मुहल्ले को पहचाना जाता था और आज कोई पुरानी इमली को ही नहीं पहचान रहा.

"नए आये हैं साहब?" उसने अपनी छोटी सी दाढ़ी पर हाथ फेरते हुए पूछा.

"नहीं... हाँ, हाँ." मैंने कुछ झिझकते कुछ हकलाते हुए जवाब दिया.

"इनमें से कोई नहीं जायेगा साहब. मुस्लिम इलाका है न. आप ऐसा कीजिये, पैदल चले जाइए नज़दीक ही तो है. बस वो सामने वाले रोड से नीचे उतर जाइए आगे रास्ता मिल जायेगा..." उसने कहा. मैंने सड़क पार की और उसकी बताई हुई सड़क पर चलने लगा. यह सड़क नीचे की ओर जाती थी. यहाँ सड़क पर ज़्यादा लोग नहीं थे बस कभी कोई बाइक गुज़र जाती जिस पर एक या दो लोग सवार होते. थोड़ी दूर पर कुछ पक्के मकानात थे जिनके बगल से होकर सड़क गुज़रती नज़र आती फिर आगे जाकर कहीं गुम हो जाती थी. मैं हैरान था. यहाँ कुछ भी तो मेरा जाना पहचाना नहीं था. मुझे शुबह हुआ के मैं किसी गलत जगह उतर गया हूँ. क्या करूँ? आगे बढ़ूँ या वापस चलूं? मैं सोचने लगा, तभी सामने से एक सफेद रेश बुज़ुर्ग को लाठी टेकते हुए ऊपर की तरफ धीरे-धीरे आते देख कुछ हिम्मत बंधी.

"अस्सलामो अलैकुम!" नज़दीक पहुंचते ही मैंने उन्हें सलाम किया.

"वालैकुम अस्सलाम..." कहते हुए वे रुक गये. मुझे अपनी कमज़ोर नजरों से थोड़ी देर देखने और पहचानने की कोशिश करते हुए वे बोले, "मैंने आपको पहचाना नहीं भाई..."

"जी, मैं नया हूँ, आज ही अभी बस से उतरा हूँ, मुझे पुरानी इमली का रास्ता बता सकते हैं?" मैंने दरियाफ्त किया.

"पुरानी इमली का नाम लेते हो और कहते हो कि नया आया हूँ? कितने साल बाद तशरीफ लाये हैं आप?" बुज़ुर्ग ने कहा.

"जी, तकरीबन चालीस साल बाद..." मैंने जवाब दिया.

"इसी लिये..." वे बोले, "अरसा हो गया ये नाम सुने हुए. ज़माना हो गया पुरानी इमली को अब उलटी इमली कहते हैं."

"उलटी इमली?" मैंने हैरानी से पूछा.

"हाँ, उलटी इमली..."

"वो क्यों?"

"वो तो भाई आप इमली को देखकर ही समझ जाओगे." बुज़ुर्गवार ने कहा, "ये कहो आप कौन हो?"

"क्या वो पुराना इमली का दरख्त अभी तक है?" मैंने उनके सवाल का जवाब न दे, हैरानी के आलम में अपना ही सवाल दागा.

"हाँ, जिसकी जड़ें ज़मीन को मज़बूती से पकड़े हुए हों, वो कहाँ जायेगा? बहरहाल आप कौन हैं जो इतने तवील अरसे के बाद उस इमली की खोज खबर ले रहे हैं?"

"जी, मैं सरफराज़ खाँ का पोता हूँ..." मैंने अर्ज़ किया. बुज़ुर्गवार की आँखों में जैसे कोई बिजली तड़पी और बुझ गई.

"सरफराज़ खाँ? मरहूम सरफराज़ खाँ पहलवान?" वे हैरानी से करीब करीब चीख ही उठे थे. मुझे दिली खुशी हुई कि कोई मेरे दादा जान को जानने वाला मौजूद है.

"जी," मैंने जोश में भरकर पूछा, "आप जानते थे उन्हें?"

बुज़ुर्गवार ने मेरे सवाल की परवाह नहीं की.

"तुम महताब के बेटे नियाज़ हो?"

"जी..." मैंने कहा लेकिन मैंने देखा उन्हें मेरे जवाब की भी परवाह नहीं थी.

"महताब मेरा दोस्त था और दूर दराज़ के रिश्ते में भाई भी लगता था. तुम तो बेटा अपना वतन छोड़कर, अपने अपनो को छोड़कर, विलायत में जा बसे... तुम्हारे बाप दादा तो यहीं थे बेटा... इसी मिट्टी में... हमारी जड़ें यहीं थीं, इसी मिट्टी में. हम तो मिट्टी से जुड़े लोग हैं बेटा. इस मिट्टी में हमारी जड़ें गहराई तक समाई हुई हैं. तुम कैसे अपनी जड़ों से उखड़कर इतनी दूर..."

वे और भी कुछ बोलते रहे जो मेरे लिये भारी पड़ने लगा. उन्हें टोकते हुए मैंने उनसे रास्ता पूछा.

"बस ये कॉलोनी पार कर जाओ, सामने नदी पड़ेगी पुल पार करते ही सामने टेकड़ी पर इमली का पुराना दरख्त लटकता हुआ मिल जायेगा..."

"लटकता हुआ?" मैंने बात काटते हुए पूछा.

"हाँ बेटा यह वही पुराना इमली का दरख्त है जो एक तूफान में गिर तो गया लेकिन जड़ें गहरी जमी होने की वजह से उखड़ा नहीं. उसका ऊपरी सिरा टेकड़ी से बाहर आ गया इसलिये लटकता हुआ सा लगता है लेकिन मानना पड़ेगा वह दरख़्त अब भी उसी हाल में पनप गया..."

"इसी लिये आजकल उसको उलटी इमली कहते हैं?"

"जी, बिल्कुल यही बात है..."

*

13

मैंने सफेद रेश बुजुर्गवार के बताये रास्ते पर कदम बढ़ाये. कुछ दूर चलके ही वह रिहायशी बस्ती पीछे छूट गई और सामने एक सूखी साखी नदी, जो नदी कम और नाला ज़्यादा लगती थी, सामने हाइल थी और हैरानी की बात के वहाँ इसे पार करने के लिये पुल भी बना हुआ था. नीचे नदी में गंदे काले बदबूदार पानी की कुछ धाराएँ नज़र आती थीं बाकी तो पत्थर और रेत ही थे. मैं हैरान था, क्या यही वो नदी थी जो मेरे घर के पास से बहती थी और जिसके साफ शफ्फाक पानी में हम तैरते और गोते लगाते थे? फिर आज जो इसकी हालत है, मेरी समझ में नहीं आया इसे पार करने के लिये किसी पुल की ज़रूरत ही क्या थी. मेरा दिल यकायक बैठने लगा, 'या अल्लाह ! मैं ज़रूर किसी गलत जगह पर आ गया हूँ.'फिर उन बुज़ुर्ग की याद आई तो मुझे लगा कहीं वे कोई शय तो नहीं थे जो मुझे रास्ता भुलाने के लिये...

मुझे अम्मी की याद आ गई. बचपन में वे हमेशा किसी चकवे से होशियार रहने के लिये कहती थीं. वे बताती थीं कि चकवा एक शैतान होता है जो अकेले मुसाफिर को रास्ता भटकाने का काम करता है. क्या वह बुज़ुर्ग कोई चकवा थे? क्या मैं किसी चकवे के फरेब में आ गया हूँ? मैं लाहौल पढ़ने लगा और अल्लाह का नाम लेकर आगे बढ़ता गया. अब जो होगा अल्लाह ही बचायेगा...

मैं लहौल पढ़ता, दरूद शरीफ पढ़ता पुल पार कर गया. यकायक मेरे सामने एक मिट्टी की ऊंची टेकड़ी थी, जिसपर एक इमली का दरख्त औंधा पड़ा था जैसे लटक रहा हो. उसका तना तो ऊपर ज़मीन पर पड़ा था और जड़ें, बल्कि जड़ों का एक हिस्सा सचमुच शायद ज़मीन में धंसा हुआ था. तने के ऊपर का हिस्सा बाहर को लटक आया था और उसकी शाखें नीची की तरफ झूल आई थीं जिसकी वजह से वह उलटा नीचे की तरफ बढ़ता हुआ लगता था. उलटी इमली... मेरा दिल ज़ोर से धड़कने लगा, या अल्लाह मैं अपने पुश्तैनी घर के इतने करीब हूँ? यही मिट्टी

है जो कभी मेरे पैरों से उड़कर मेरे सर पर जा बैठती थी? मेरे कदम लड़खड़ाने लगे. मैं उस ऊंची टेकड़ी या जिसे आजकल टीला कहते हैं; उसका सहारा लेकर खड़ा हो गया. मेरे सिर के ऊपर उलटी इमली का दरख्त लटक रहा था. क्या यह मेरे सिर पर गिर जायेगा? मैंने खुद से पूछा.

मिट्टी की इसी टेकड़ी को बीच से चीरते हुए एक दरार दूर तक गई थी. मुझे याद है कभी ये दरार बारिश में एक नाले की शक्ल अख्तियार कर लेती और नदी का बढ़ा हुआ पानी यहाँ से बहता और बाकी मौसमो में यहाँ से बैल-गाड़ियों का गुज़र होता जिसके चक्के पत्थरों पर खड़-खड़ की आवाज़ निकालते और बैलों के गले की घंटियाँ टन टन बजती. बैलों के खुर पत्थर पर ठक ठक करते और ये सारी मिली-जुली आवाजें मिलकर बैल-गाड़ी के चलने की आवाज़ बन जाते. आज यहाँ एक पक्की सड़क है जो पुल के ऊपर से गुज़रती चली जाती है. एक नौजवान इसी सड़क से बाइक पर फर्राटा भरते हुए गुज़र गया तब मुझे होश आया के मुझे आगे चलना है.

इस रास्ते पर कुछ कदम आगे बढ़ा तो इस सड़क की दूसरी तरफ कब्रिस्तान अब भी वैसा का वैसा ही था सिर्फ अब इसके गिर्द कटीले तारों का घेरा था जिसे जगह जगह से काटकर रास्ता बना दिया गया था. और दूर पर एक बड़ा तवील सा चबूतरा सा बना था जिसकी एक तरफ एक छोटी सी दीवार थी. मेरे ख्याल से वह नमाज़-ए-जनाज़ा पढ़ने के लिये था. हाँ कब्रिस्तान अब भी जंगल की मानिंद लगता था जिसके दरख़्तों के साये में क़ब्रों के अंदर कई रूहें सुकून से सो रही हैं. इन्ही क़ब्रों के दरमियाँ मेरे आबा ओ अजदाद की कब्रें भी थीं. दिल में आया के दौड़कर कब्रिस्तान में दाखिल हो जाऊँ और अपने बुजुर्गों की कब्र से लिपटकर रो पड़ूं. लेकिन मैं कहाँ जानता था मेरे दादा जान की कब्र कौन सी है, मेरे वालिद की कब्र कौन सी है, मेरे ताया की कब्र कौन सी है या मेरी अम्मी की कब्र कौन सी है. लिहाज़ा मैं कुछ पल वहीं खड़ा रहा. अपने बुजुर्गों को सलाम कहा और फातिहा पढ़कर तमाम अहले कुबूर को सवाब बख्श दिया.

यहाँ से दूसरी तरफ ऊपर की तरफ चढ़कर मैं औंधे पड़े इमली के दरख्त तक पहुंचा तो एक बार फिर दिल पर किसी भारी बोझ का अहसास होने लगा. यह दरख्त मेरी बचपन की यादों का ही एक हिस्सा था और आज यह अपनी जगह पर सीधा खड़ा नहीं बल्कि नीचे गड्ढे की ओर झुका जाता था. हालांकि यह अब भी सब्ज़ ओ शादाब था जो इसकी जड़ों का ही कमाल था जो ज़मीन को मज़बूती से थामे हुए थीं. फिर भी जब यह सीधा खड़ा होता था तो गर्मियों में भी इसके साये में हम दिन भर बेफिक्री से खेलते थे. इसके ऊपर चढ़ते और इसकी शाखों से झूलते.

बचपन की तरह मेरा पुश्तैनी मकान आज भी यहाँ से साफ नज़र आता है. यहां पर अभी भी तीन छोटे-छोटे लड़के मेरी मौजूदगी से बेनियाज़ अपने खेल में मशगूल थे. मैं इमली के इस पुराने दरख्त को देखता रहा. आखिर क्या चीज़ थी जो इसे इस हाल में भी सब्ज़ ओ शादाब बनाये हुए थीं? इसकी जड़ें...

मुझे लगा यह मिट्टी जैसे मुझे खींच रही है. मेरे पैर ज़मीन में धंसे जा रहे हैं और मेरे पैरों से जड़ें निकलकर ज़मीन में धंसी जाती है. क्या मैं भी धीरे धीरे इमली का दरख्त बनता जा रहा हूँ? लेकिन मेरी शाखें तो कहीं और फैली हैं. मैं यहाँ कैसे खड़ा रह सकता हूँ...

"अंकल... अंकल..."

मैं यकायक जैसे नींद से जागा. वहाँ पर खेलने वाले लड़के मुझे आवाज़ दे रहे थे, "अंकल यहाँ से हटिये न मुझे वह वाली कंची को उड़ाना है..."

मैंने देखा मैं उनके कंचों के बीच आ गया था. और यह भी के मेरी कोई जड़ें वड़ें नहीं निकली थीं. मैं चल सकता था. मैं धीरे-धीरे चलने लगा. मेरा घर जहाँ मेरा बचपन बीता, जहाँ मेरे बुजुर्गों ने अपनी ज़िंदगी गुज़ारी, मेरा प्यारा घर अब मेरे सामने ही था बस कुछ कदमो का फासला रह गया था और मेरा हर कदम जैसे एक एक मन का भारी था. हर कदम पर मुझे लगता जैसे दो नन्ही आंखें मुझे हर सिम्त से ताक रही है. कभी लगता जैसे एक नन्ही सी लड़की मुझे देखकर हँसतीं हुई किसी सिम्त भाग कर छिप गई. उसकी आंखे हर खिड़की के पीछे से हर दरवाज़े के पीछे से हर एक दीवार और हर एक आड़ के पीछे से झांक रही है... नसीम ! या अल्लाह मैं उन निगाहों का सामना कैसे करूंगा? मेरा दिल बैठने लगता है...

आखिर, बहुत हिम्मत करके मैंने दरवाज़े पर दस्तक दी.

"कौन?..." एक महीन आवाज़ ने पूछा और धड़ से दरवाज़ा खुल गया.

एक दिन इसी घर को मैं सूना कर गया था. उफ्फ ! उस रोज़ का मंज़र भुलाये नहीं भूलता. अम्मी और ताई अम्मी दोनों का रो रो कर बुरा हाल हुआ जाता था. दोनों एक दूसरे से लिपटकर रोती जाती. एक दूसरे को छोड़ ही नहीं पाती. ताया अब्बू बिल्कुल खामोश हो गये थे. बिल्कुल बुत होकर रह गये थे. बस, रह रह कर भीगी आँखों को पोछ लेते.

मामू जान बेचैन होने लगे थे. रह रह कर अपनी इम्पोर्टेट घड़ी को देख लेते. बीच-बीच में कह उठते- "जल्दी करो, बस छूट जायेगी..."

नसीम खामोश खड़ी बस मासूम निगाहों से इस मंज़र को देख रही थी. उसे समझ नहीं आ रहा था कि ये सब क्या हो रहा है. उस मासूम को क्या पता था कि मैं उसे, इस घर को, इस जगह को हमेशा-हमेशा के लिये छोड़ जा रहा हूँ. उसे ही क्यों?

क्या मुझे ही पता था?...

आज वह दरवाज़ा एक बार फिर मेरे लिए खुला था और मैंने दरवाज़ा खोलने वाले पर एक नज़र डाली. मेरा दिल फिर एक बार ज़ोर से धड़का. आवाज़ जैसे हलक में अटक गई थी.

*

14

दरवाज़ा खोलने वाली एक दुबली पतली खातून थी, जिसका कद ज़रा ऊंचा और जिस्म दुबला पतला जैसे हड्डियों का ढांचा. नाक नक्श तीखे लेकिन रंगत पर वक़्त की गर्द चढ़ी हुई. देखकर ही लगता है कि रंग कभी गोरा गुलाबी हुआ करता होगा लेकिन अब दबा दबा सा है. एक गहरे रंगत वाला सलवार सूट और दुपट्टा जो मुझे देखते ही सर पर पहुंच गया.

नसीम... मेरा दिल बड़ी ज़ोर से धड़क उठा. लगा जैसे अभी सीने से बाहर निकल आयेगा.

“अस्सलामो अलैकुम...” एक महीन सी आवाज़ निकली और मेरा दिल जैसे भर आया. मेरे गले से जैसे आवाज़ नहीं निकल रही थी. या अल्लाह ये नसीम है; जो बचपन में दादा जान की गोद मेरे साथ शेयर करती थी. जो मुझसे मनसूब थी. दादा जान ने जिससे मेरा रिश्ता तय कर रखा था. और मैंने अपने फ्यूचर की खातिर जिसे ठुकरा दिया. या धोखा दिया? जैसा कि आजकल गाहे-ब-गाहे मेरा दिल कहता है. मुझे क्या पता था कभी लौटकर मुझे इससे नजरें मिलानी पड़ेगी.

“वालैकुम अस्सलाम...” बड़ा ज़ोर लगाने के बाद गले से आवाज़ निकली जो इतनी अजीब थी कि मैं खुद अपनी आवाज़ पर हैरान रह गया. फिर धीरे से गला साफ कर पूछा, “अरे! तुमने पहचान लिया था मुझे?”

उसने जवाब में कुछ कहा नहीं. बस अपने झुके हुए सर को धीरे से हिला दिया. उसकी नज़रें झुकी हुई थीं जैसे ग़ैर मर्द से निगाहों का पर्दा हो. मेरे अंदर जैसे कुछ टूट गया. शायद यह अपने से बेगाना हो जाने का दर्द था जो मुझे अब जाकर महसूस हुआ.

“अरे नसीम... कौन है दरवाज़े पर?” एक कंपकंपाती कमज़ोर सी आवाज़ दूर किसी कोने से उभरी.

ताई अम्मी!! दिल ने बेसाख्ता कहा. यादों के कई परिंदे यकायक पर फड़फड़ाकर उड़ गये. यादों के जंगल का आसमान उनकी फड़फड़ाहट से गूंज उठा.

"नियाज़ भाई आये हैं अम्मी" कहते हुए नसीम मुझे अंदर जाने का रास्ता देती हुई एक तरफ हट गई.

नसीम के कहे अल्फाज़, "नियाज़ भाई आये हैं..." मेरे ज़ेहन पर हथौड़े जैसे पड़े. मेरी कैफियत अजीब थी. शयाद मैं खुद समझने से कासिर था कि मेरी कैफियत क्या थी. मुझे हैरानी हुई थी? या शायद बुरा लगा? नियाज़ भाई...? उसने मुझे नियज़ भाई कहा. तो क्या हुआ? क्या मुझे उसके मुंह से यह सुनने की उम्मीद नहीं थी? आखिर क्यों नहीं थी? क्यों नहीं थी; या फिर मैं उसके मुंह से यह अल्फाज़ सुनना ही नहीं चाहता था? आखिर क्यों? इतने साल तो बीत चुके थे. क्या कोई फांस गड़ी रह गई थी? आखिर वह फांस थी क्या?...

"नसीम," कितना मुश्किल था ज़ुबान पर उसका नाम लाना, "कैसी हो?"

"अलहम्द लिल्लाह." बस इतना ही? मुख्तसर सा उसने जवाब दिया. वह और कहती भी क्या?

"नियाज़..." अंदर से ताई अम्मी की आवाज़ आई और मैं नसीम को पीछे छोड़ता हुआ अंदर की तरफ लपका. अंदर रौशनी कम थी या शायद मेरी आँखे इतनी कम रौशनी की आदी नहीं थीं. मुझे ज़रा वक़्त लगा यह देखने में कि कमरे के कोने में एक पुराने से पलंग पर एक ज़ईफ उमररसीदा खातून बैठी, बेताबी से अपने दोनों हाथ फैलाए कह रही है, "नियाज़..."

"ताई अम्मी!..." बेसाख्ता मेरी ज़बान से निकला. मैं लपका और अपना सिर उनके घुटनों पर रख दिया. ताई अम्मी ने दोनों हाथों से मेरे सिर को थामकर अपने सीने से लगा लिया.

"बड़ी देर कर दिया नियाज़..." वे रोते हुए बोली, "कोई बड़ा नहीं रह गया मुझ बदनसीब के सिवा..."

मैं क्या कहता? मैं उनके सामने आने लायक भी था? मैं यहाँ आता भी तो कौन सा मुंह दिखाता अपना? बहुत से सवाल थे जो ज़ेहन में पहली मर्तबा उभरे थे. बहुत सी बातें, बहुत से खयाल. और बहुत से जज़्बात बहुत से अहसासात थे जिनका मैं पहली मर्तबा सामना कर रहा था. क्या मेरे अंदर दबा था यह सब कुछ? कहाँ दबा था, कहाँ छिपा था? इतने बरसों में मुझे महसूस क्यों नहीं हुआ? मेरी आंखें क्यों नम थीं? बड़ी अजीब कैफियत थी और मुझे समझ में नहीं आ रहा कि मेरे जैसे बिल्कुल प्रैक्टिकल और प्रोफेशनल इनसान के अंदर यह सब छुपा हुआ था. मेरे अंदर कोई सैलाब उमड़ रहा हो जैसे. आवाज़ गले में अटक गई हो जैसे. और जैसे

सीने के अंदर दिल को कोई निचोड़ रहा हो.

जब यह सैलाब कुछ कम हुआ तो मैंने पूछा, “क्या हुआ था?”

“आप पहले फ्रेश हो लें. खाना खा लें. बातें तो फिर बाद में भी होती रहेंगी.” अब तक बुत बनी खामोश खड़ी नसीम ने अचानक कहा.

*

15

“नियाज़ भाई, फ्रेश हो जाइए फिर मैं खाना निकाल देती हूँ.” नसीम ने आकर कहा.

मैं उठ खड़ा हुआ और अब घर पर एक नज़र दौड़ाई. यहाँ आने के बाद, यह शायद मेरी पहली नज़र थी जो घर पर पड़ी. यह मेरी यादों से बहुत अलग बुझा बुझा सा लग रहा था. शायद वक़्त ने अपना असर छोड़ा था. पहले से काफी छोटा और तंग तंग सा नज़र आ रहा था. कुछ जाना सा कुछ अनजाना सा. वो लम्बा-चौड़ा आंगन, और वो कदीम दरख्त. वह सब कहाँ गायब हो गए थे? लगा मैं किसी और घर में आ गया हूँ.

“बहुत बदला बदला सा लग रहा है.” मैंने नसीम से कहा तो वह जैसे किसी ख्वाब से जाग उठी.

“जी?” उसने पूछा.

“घर...” मैंने कहा, “घर काफी बदला बदला सा लग रहा है.”

“आप अरसे बाद देख रहे हैं, शायद इसलिए.” उसने जवाब दिया.

“पहले तो काफी बड़ा लगता था.”

“पहले यह दीवार नहीं थी...”

“दीवार?” मैं हैरान हुआ.

अरे हाँ! सच तो है. मेरा अब ध्यान गया. यहाँ वह दीवार थी जो आंगन को ठीक बीच से काटती हुई चली गई थी जो सोहराब खाँ और महताब खाँ के हिस्से को अलग अलग कर रही थी. मुझे अच्छा नहीं लगा. मैं यह देखने तो नहीं आया था. सरफराज़ खाँ अगर आज होते तो अपने इस मकान के दो टुकड़े कभी बर्दाश्त न करते. और इसीलिए तो उन्होंने अपने दोनों बेटों के बच्चों का आपस में रिश्ता तय किया था. लेकिन क्या बच्चे इस रिश्ते को आगे बढ़ायेंगे? कमाल है, यह सवाल एक

मर्तबा भी उनके ज़ेहन में नहीं आया? उन्हें तो बड़ा मर्दुमशनास और बड़ा दूरअंदेशी माना जाता था. फिर वे अपने पोते को, अपने ही खून को पहचानने में कैसे धोखा खा गए?...

"यहाँ... इस तरफ..." नसीम ने गुसलखाने का रास्ता दिखाते हुए कहा, "आप फ्रेश हो लें, तब तक..."

"यह दीवार किस लिए?" उसकी बात को नज़रअंदाज़ करते हुए मैंने पूछा.

"आपका हिस्सा है, उस तरफ."

"मेरा हिस्सा? मैंने कब मांगा?"हालांकि मैं आया तो हिस्से के लिए ही था. लेकिन यहाँ तक के सफर में जाने मुझमें कितने बदलाव हुए. मैं तो शायद अपने आप को भी न पहचान पाऊँ.

"आपने नहीं मांगा; लेकिन आपका हिस्सा तो है न?"बिलकुल आसानी से उसने कह दिया.

"मुझे इसकी ज़रूरत नहीं!" मैंने फिर कहा.

"जी! आपको क्या ज़रूरत होगी? आप तो विलायत में बड़ी जदीद सहूलियात वाले घरों में रहते हैं. इसीलिए अब आए हैं तो इसे बेच बाच कर फारिग हो जाइए."

"नहीं नसीम. मैं ऐसा नहीं कर सकता. यह हमारे पुरखों की मीरास है."

"जब वो पुरखे ही नहीं रहे तो..."

"ऐसा मत कहो नसीम! हम दोनों ही तो सरफराज़ खाँ के वारिस हैं."

"आप कब से इतने जज़्बाती होने लगे? मशहूरे ज़माना है के आप बड़े प्रैक्टिकल हैं."

"तंज़ कर रही हो?"

"तंज़ क्यों? तंज़ नहीं, मैं तो वह बात कह रही हूँ जो सुनी है."

"किससे? शायद अम्मी से? है न? हाँ, फिर तो कोई अच्छी बात नहीं सुनी होगी मेरे बारे में. अम्मी भी तो कहती थीं कि दिल नहीं है तेरे सीने में पत्थर है."

नसीम ने कोई जवाब नहीं दिया. बस नज़र उठाकर एक नज़र मेरी तरफ देखा और खामोश हो गई. पहली मर्तबा उससे मेरी नज़र मिली थी. पहली मर्तबा मैंने उसकी आँखों में देखा. कितनी सूनी थी उसकी आँखें और कितना कुछ बोलती थी उसकी खामोशी. यकायक मुझे बड़ा अटपटापन महसूस हुआ. मैंने नज़र झुका ली.

पता नहीं नसीम ने क्या समझा होगा?

"शफक़ नहीं है?" मैंने अपनी झेंप छुपाने के लिए एक बेकार सा सवाल किया हालांकि जवाब मैं जानता था.

“बैंगलोर में जॉब है उसकी. कल आ रही है.” उसने जवाब दिया हालांकि वह भी जानती थी कि यह एक बेकार सा सवाल है. शफक़ से मेरी बातचीत होती रहती है. और मुझे इल्म है उसके कल आने का.

*

16

मैं मायूस था. बहुत मायूस...

मैं बाहर निकल तो आया था. लेकिन दिल और दिमाग अब तक उस बातचीत पर ही लगा था.

"क्या हुआ था अम्मी को?" मैंने ताई अम्मी से सवाल क्या था.

"प्रोटेस्ट चल रहे थे न उन दिनों..." जवाब नसीम ने दिया था.

"हाँ, वो दिल्ली में..." मैंने बात काटते हुए कहा, "हम लोग भी वहाँ सब जानते सुनते रहे हैं. बहुत मशहूर हुआ था वह प्रोटेस्ट."

"सिर्फ दिल्ली में नहीं, कम ओ बेश सारे मुल्क में ही था. यहाँ भी. हमारे गांव में. हम सब शामिल थे. मैं चाची जान और अम्मी सभी..." नसीम ने बताया, "ठंड थी... शायद वहीं से ठंड लग गई. फेफड़ों में इंफेक्शन बताया था डॉक्टर ने. दोनों फेफड़े जाम हो गए थे..."

"लेकिन क्यों?"मैंने बेचैन होते हुए कहा, "अरे! क्या ज़रूरत थी इस उम्र में...?"

"सिर्फ चच्ची ही नहीं अम्मी भी थीं." नसीम ने ज़रा नाराज़ होते हुए कहा.

"हाँ, लेकिन क्यों?" मैंने अपनी बात पर ज़ोर दिया.

"यह बताने के लिए कि हम ज़िंदा हैं. यह बताने के लिए कि हम अपने ज़म्हूरी हक़ूक पहचानते हैं..."

"क्या हासिल हुआ इससे? क्या बिल वापस हो गया? क्या आपके जम्हूरी हुक़ूक वापस मिल गए?" मैंने तंज़िया लहज़े में कहा. मैं बड़ा अपसेट हुआ जा रहा था. वह आराम से घर बैठी होती तो शायद आज ज़िंदा होतीं. मैं अपनी यह बात कह न सका. यह इल्ज़ाम लगाने जैसा था. और इल्ज़ाम लगाने की मेरी हैसियत नहीं थी. मैं किस मुंह से यह बात कहता. आखिर मैंने किया ही क्या था अपनी अम्मी के लिए? जो कुछ किया इन्हीं लोगों ने किया. मैं तो बस कायदे से हर महीने पैसे

भेजकर अपना फर्ज़ अदा कर देता. इव्हन आखरी वक्त भी मैं नहीं था उनके पास. यही लोग तो थे. मैं अब भी आया हूँ दो साल बाद तो अपनी ही गरज़ से. अपनी प्रॉपर्टी बेचकर पैसा ले जाने की गरज़ से. हालांकि मैं तो आना ही नहीं चाहता था. लेकिन वहाँ अहलिया ने और बच्चों ने नाक में दम कर रखा था कि जो कुछ है, बेच खोचकर कैश ले आओ. उन लोगों ने कितने मंसूबे बांध रखे हैं मिलने वाली रकम से...

हालांकि अब भी मेरा इरादा अपने पुरखों की मीरास को बेचने का नहीं है. बल्कि यहाँ आने के बाद तो मेरा दिल और भी नहीं चाह रहा. लेकिन ये लोग यह तो नहीं जानते. वे तो समझते हैं कि मैं इसी लिए आया हूँ वरना इतने बरसों बाद आता क्यों?

यही सब सोचते हुए मैं खामोश रह गया. लेकिन नसीम खामोश नहीं रही, "... क्यों नहीं? आखिर प्रोटेस्ट हमारा डेमोक्रेटिक राईट है... ये हमारा मुल्क है. हमारा वतन. हमें यहाँ रहना है तो यहाँ की डेमोक्रेसी की हिफाज़त हमारा फर्ज़ है. ऐसा भी नहीं कि सिर्फ हमारी ही बात है. हम जानते हैं अगर डेमोक्रेसी नहीं रही तो कोई मेहफूज़ नहीं. न हम न कोई और..."

"लेकिन साथ तो किसी ने नहीं दिया..." मैंने कहा, "तुम लोग अकेले ही लड़ते रहे."

"ऐसा नहीं है भाई जान. कुछ चीज़ें दूर से नज़र नहीं आतीं. हमें साथ मिला और लोगों ने यह भी देखा कि आमतौर पर खामोश रहने वाले हम लोग, मुल्क की डेमोक्रेसी और मुल्क के आईन की हिफाज़त से पीछे नहीं हटने वाले..."

ताई अम्मी बीच-बीच में अपनी थकी थकी कमज़ोर आवाज़ में कुछ कुछ समझाने की कोशिश करती रही लेकिन उसके कुछ मायने न थे. जो कुछ मायने थे वे तो नसीम की बातों के थे. मैं तो हैरान था. जिस नसीम को मैं देहातन और पिछड़ी, दबी-कुचली ज़हनियत की लड़की समझता था. वो इतनी मुखर, इतनी ज़हीन और इतनी कॉन्फिडेंट होगी, मेरी सोच से बाहर की बात थी. क्या मेरी बीवी जो कि बचपन से ही यूके में रही है, इतने कॉन्फिडेंस से बात कर सकती है, डेमोक्रेसी या पोलिटिक्स पर? वह तो सिर्फ एग्रेसिव हो सकती है अगर कुछ उसकी मर्ज़ी के खिलाफ हो. लेकिन क्या डेमोक्रेसी या कोंस्टीट्यूशन के बारे में उसने कभी कुछ सोचा भी है? एक बात तो साफ समझ में आ गई कि ज़हानत या खुदऐतेमाद(सेल्फ-कॉन्फिडेंस) किसी मुल्क की बपौती नहीं. और भी, के वक़्त कब किसे क्या बना दे कोई नहीं जानता. वक़्त कितनी बार हमें गलत साबित करता है...

'लेकिन... अम्मी? अम्मी को ऐसी क्या ज़रूरत थी?...' मैं सोचता रहा; लेकिन कहा कुछ नहीं. कहने की हिम्मत थी कहाँ? जवाब क्या मैं जानता नहीं था. मैं आखिर में झुंझलाकर वहाँ से उठ आया.

मेरे पांव नंगे थे और रास्ते के कंकड़-पत्थर पांव में चुभ रहे थे. हालांकि सर के ऊपर दरख़्तों का साया था और रास्ते पर भी हर तरफ पत्ते बिखरे हुए थे जिनकी वजह से कुछ हद तक पैरों को सुकून भी था. फिर भी मैं संभल संभल कर पांव रख रहा था के कोई कांटा पांव में न चुभ जाए. बचपन में इन्हीं रास्तों पर कितनी बार नंगे पांव चला हूँ. कांटे से कभी डर नहीं लगा. मैं कांटो से डरने वाला इनसान हूँ भी नहीं, फिर आज मुझे क्या हुआ है? ये ज़िंदगी की हक़ीकत के रास्ते हैं नियाज़! घबराओ मत, चलते रहो. देखो ये ज़िंदगी की हक़ीकत. एक दिन ऐसी ही किसी जगह तुम्हारा भी आखरी ठिकाना होगा. लेकिन कहाँ? कहाँ होगा मेरा आखरी ठिकाना? कौन जानता है कि उसका आखरी ठिकाना कहाँ है? क्या ये लोग ही जानते थे जो यहाँ हैं?

"अस्सलामो अलैकुम व रहमतुल्लाहे व बरकातहु व मग़फिरतहू अहलल कुबूर.(तुम पर शांति और सुकून हो और ईश्वर की कृपा और समृद्धि और क्षमा हो ऐ कब्र वालों)" मैंने कहा और खड़ा होकर चारों तरफ नज़र दौड़ाई. कब्रें ही कब्रें थीं. सब एक जैसी. बड़े शहरों और बाहरी मुल्कों से अलग यहाँ एक भी पक्की कब्र नहीं थी. न किसी कब्र पर कोई पत्थर ही लगा था न कोई निशानी वगैरह. कैसे पहचानते होंगे लोग? सचमुच यहां अम्न था और सुकून था. और बराबरी थी. ज़िंदगी की कोई भगमभाग नहीं. कोई रेलमपेल नहीं. कोई कॉम्पिटीशन नहीं. इसीलिए कोई धोखा नहीं. कोई मक्रो फरेब नहीं. कोई फित्ना नहीं. कोई वसवसा नहीं. कोई डर नहीं. तुम्हारे आमालनामे बंद हो चुके हैं और अब... बस, सुकून...

यकायक मुझे महसूस हुआ कि मुझे हसद हो रही है, उन लोगों से जो यहाँ दफ्न हैं. और तभी याद आ गई वह हदीस के एक दिन ज़िंदा लोग हसद करेंगे कब्र वालों से और कहेंगे के तुम खुशकिस्मत निकले...

लेकिन असल मसला तो वहीं का वहीं है; कौन सी कब्र किसकी है? मुझे कोई इल्म नहीं; कौन सी कब्र किसकी है? अम्मी कहाँ हैं? अब्बू कहाँ हैं? दादा कहाँ हैं और ताया? किससे पूछूँ कि किस कब्र पर मुझे फातिहा पढ़नी है? कौन बताएगा? किसे पता है? कोई आएगा शह्रे खमोशाँ में? मैं वहीं एक पत्थर पर बैठ गया. कुछ देर बैठा रहा, फिर सोचा कि सवाब तो कहीं से भी किसी को भी बख्शा जा सकता है. इसके लिए कब्र पर पहुंचना ही ज़रूरी नहीं. मैं अपने घर से भी पढ़ पढ़कर बख्शता रहा हूँ. कुरआनख्वानी करवाता रहा हूँ और बख्शता रहा हूँ. यह सब सोचते हुए उठा और

जहाँ था वहीं खड़े-खड़े फातेहा पढ़कर अपने तमाम मरहूमीन को और तमाम अहले कुबूर को बख्श कर वापस आ गया. मैं धीरे-धीरे चल रहा था और सोच रहा था कि शायद अल्लाह मेरी रहनुमाई के लिए किसी को भेज दे. कोई आए और बताए के ये है और ये है तेरे वालिदैन की कब्रें. तेरे आबा-ओ-अजदाद की कब्रें. लेकिन ऐसा कुछ हुआ नहीं. कोई नहीं आया.

मैं धीरे-धीरे चलता हुआ कब्रिस्तान से बाहर आया ही था के अस्र की अज़ान होने लगी. क्या इस आवाज़ में कोई जादू था कि मेरे कदम अपने आप मस्जिद की जानिब बढ़ चले. मुझे याद नहीं पिछली मर्तबा कब मैंने फज़ाओं में गूंजती हुई मुअज़्ज़िन की आवाज़ सुनी थी. घर में मोबाईल वगैरह में अज़ान सुनते हुए ज़माना बीत गया था. लेकिन उसमें यह बात कहाँ थी. अब लगा कि मैं सच-मुच अपने घर वापस आ गया हूँ.

मुअज़्ज़िन पुकार रहा था- हय्या अलस्सलात हय्या अलस्सलात (आओ नमाज़ की ओर आओ नमाज़ की ओर)... हय्या अलल फलाह हय्या अलल फलाह (आओ सफलता की ओर आओ कामियाबी की ओर)... और मेरे कदम खरामा-खरामा उस आवाज़ की तरफ बढ़ चले.

*

17

अल्लाहुम्मा फ तहली अबवा ब रहमतिका.(ऐ अल्लाह, अपनी रहमत के दरवाज़े खोल दे.)

दाखिल ए मस्जिद की इस दुआ के साथ ही मैंने मस्जिद की पहली सीढ़ी पर पांव रखा. अरे! यह तो वही मस्जिद है जहाँ दादा जान के साथ कितनी मर्तबा आया था. वही मस्जिद है जहाँ पर ईमाम साहब से दीन की शुरुआती तालीम हासिल की है. कितने लोग हम एक साथ यहाँ अरबी पढ़ने आते थे. क्या उनमें से कोई यहाँ होगा? क्या वह मुझे पहचानेगा? क्या मैं उसे पहचानूंगा? कितने हम उम्र और कितने नौजवान लोग इतनी देर में पीछे से आकर सीढ़ियाँ चढ़कर आगे निकल गए. अपने पन और बेगाने पन के कितने एहसासात एक पल में मुझे छूकर गुज़र गए. मैंने भी तेज़ कदम बढ़ाए और मस्जिद में दाखिल हो गया.

मैं बावज़ू था. कब्रिस्तान से जो सीधा चला आ रहा था. लेकिन जब और लोग वज़ू कर रहे थे तो एक बार और वज़ू बनाने में हर्ज़ क्या था. मस्जिद में दाखिल होते ही मैं सीधे वज़ूखाने की ओर चला गया. हैरानी की बात है कि वज़ूखाना पहले जैसा ही था. कोई बदलाव नहीं. सिर्फ लोग बदल गए हैं. बड़ा अजीब लगा. हर तरफ अंजान चेहरे. यहाँ आने के बाद पहली मर्तबा मुझे अनजानापन महसूस हुआ. मुझे शक़ होने लगा कि मैं अपने उसी गांव में हूँ जहाँ मेरा बचपन बीता. उसी मस्जिद में हूँ जहाँ की हर शय मेरी जानी पहचानी थी. मुझे तो आज यहाँ का माहौल भी अजनबी लग रहा था. दाढ़ियों और पठानी सूट वाले नौजवान और बुज़ुर्गों को देखकर खदशा हुआ कि मैं कहीं और तो नहीं आ गया. उस दौर में तो ज़्यादातर शर्ट और पैंट में ही नज़र आते थे. बहुत हुआ तो लखनवी अंदाज़ के कुर्ता-पैजामा पहने. और दाढ़ियाँ वो तो शायद ही कोई नौजवान रखता हो. हाँ, वक़्त ने तहज़ीब पर भी किस कदर असर डाला है. ऐसी ही कुछ कुछ हैरानी मुझे तब भी हुई थी जब मैंने

अपने सफर के दर्मियान जगह जगह लम्बे टीके और गले में जाफरानी गमछे देखे थे.

चार रकात सुन्नत और चार रकात फर्ज़ पढ़कर ही अस्र की नमाज़ पूरी हो गई. नमाज़ के बाद लोग तेज़ी से बाहर जाने लगे. फिर मेरे लिए भी रुकने की कोई वजह नहीं थी. चलते चलते लोग एक दूसरे से सलाम दुआ करते हुए मुसाफा लेते जाते थे लेकिन मैं यहाँ बिलकुल अजनबी था. फिर भी कुछ ने मुसाफा लेने के लिए मेरी तरफ हाथ बढ़ाए और कुछ की तरफ मैंने. लेकिन अभी भी अजनबीयत बरकरार रही. जिस अपने पन की आस थी कि कोई एक चेहरा तो जाना पहचाना मिलेगा वह आस भी धुंधला गई. पुराने लोग भी थे, लेकिन शायद मुझे किसी ने पहचाना नहीं और मैंने भी किसी को पहचाना नहीं. मैं बड़े धीरे-धीरे बाहर आया. घर की तरफ जाने का दिल नहीं था. सोचा था कोई मिल जाएगा तो वक़्त कट जाएगा. मगरिब की नमाज़ तक तो कट ही जाएगा. मगरिब की नमाज़ पढ़कर ही जाऊंगा. लेकिन मायूसी हाथ लगी थी. मस्जिद तकरीबन खाली हो चुकी थी. लोग जितनी तेजी से आए थे, उतनी ही तेज़ी से अपने अपने रास्ते चल दिए. सबके पास अपने अपने कारोबार रहे होंगे. ठिकाने होंगे. मैं कहाँ जाऊँ? सोचता हुआ मैं मस्जिद की सीढियों पर ही एक किनारे बैठकर वक़्त गुज़ारना चाहा कि कंधे पर एक हाथ पड़ा. मैंने पीछे मुड़कर देखा. लम्बी दाढ़ी और बालों मे हल्की सफेदी लिए कोई बिल्कुल देवाअनंद वाले अंदाज़ में तिरछा खड़ा मेरे चेहरे पर नज़र गड़ाए मुस्कुरा रहा था. मैं उसे पहचानने की कोशिश करने लगा. बेशक उसमें कोई जानी पहचानी बात थी लेकिन वह क्या थी?

“पहचाना?” उसने सवाल किया और जैसे एकदम से मेरे ज़ेहन में एक नाम कौंधा.

“रफीक़?” मैंने कहा.

“अरे! पहचान लिया?” उसने हैरानी का मुज़ाहिरा किया.

“इसमें क्या? तूने भी तो पहचान लिया.” मैंने कहा और हम दोनों बेसाख्ता बगलगीर हो गए.

*

18

“...इतना आसान नहीं था मेरे दोस्त...” चाय का गिलास मेरे हाथ में थमाते हुए उसने कहा, “बहुत तकलीफें उठाई है उसने. और सब कुछ तेरी वजह से...”

“मेरी वजह से?” मैंने अनजान बनने की कोशिश की. लेकिन क्या मैं जानता नहीं था.

“तो और किसकी वजह से?” उसने बेदर्द लहज़े में सवाल किया, “तुझसे मनसूब नहीं थी क्या?”

“मैंने उससे कौन से वादे कर रखे थे?”मैंने उससे शिक़वा किया, “तू मुझे ख्वाह म ख्वाह एहसासे जुर्म में मुब्तिला करने की कोशिश कर रहा है.” हालांकि सच तो यह है कि यह एहसास तो बरसों से मेरे सीने में पल रहा था. लेकिन एहसास जिसे मैं कभी कुबूल नहीं कर सकता. जिसका गवाह भी मेरे सिवाय कोई नहीं था. ऐ काश कि इस एहसास को मैं किसी के साथ बाट पाता. कुछ दर्द तो हल्का होता. यही इल्ज़ाम मुझपर लगाकर रफीक ने मेरे उस दर्द को ही उजागर किया है. मैं चाहता था कि वह मेरी और लानत मलामत करे कि इस दर्द ए दिल से कुछ राहत नसीब हो. लेकिन मैं इस बात को कुबूल नहीं करना चाहता. वजह? अब इससे रिश्तों की पेचीदगियाँ और बढ़ेंगी. उसने जो कितनी महारत से अपने आप को सम्हाला है, सारे हालत को सम्हाला है. फिर एक ज़ख्म...

जाने कितने पुराने ज़ख्म हरे होंगे और हम जो अपने अपने रास्तो पर ग़ामज़द हैं, फिर ठहर जाएंगे. फिर रुस्वा होंगे. नहीं! यह दर्द तो अब अकेले अकेले ही सहना होगा. दर्द का नुमाया होना बड़ी रुसवाईयों का सबब होगा.

“ऐसा नहीं था कि उसमें कोई कमी थी. खूबसूरत तो वह बला की थी. बस्ती में हमारी उम्र का कौन सा लड़का था जो उसपर जान न छिड़कता हो. बस्ती की दूसरी लड़कियों के मुकाबले पढ़ी लिखी भी ज़्यादा थी. ज़हीन थी. लेकिन रिश्ते नहीं आते

थे..."

"क्यों?"

"क्योंकि तुमसे मनसूब थी. सब जानते थे कि तुम्हारी मंगेतर है, फिर किस मुंह से और किस हिम्मत से पहलवान सरफराज़ खाँ की पोती के लिए रिश्ता ले जाते. उमर बीतती जाती थी और किसी तरह भाग-दौड़ करके जो रिश्ते लगाए जाते तो नसीम इनकार कर देती..."

"क्यों?"

"तुम जानते हो क्यों? बचपन से उसके दिल में एक ही तसवीर थी और वह किसी और को कैसे कुबूल कर सकती थी. रात-दिन रोती रहती. चच्ची यानी तुम्हारी अम्मी उसे समझाती और तुम्हें कोसती रहती. लेकिन उसे एक पल नहीं छोड़तीं. दोनों गले लग लग कर रोती रहतीं. दोनों ने रो-रोकर अपनी सेहत खराब कर ली. बड़ी मन्नतों मुरादो के बाद कहीं जाकर नसीम किसी और से शादी करने को राज़ी हुई लेकिन तब तक उसने सेहत और हुस्न खो दी थी और उम्र भी हो चली थी. आखिर बड़ी मुश्किलों से उसकी शादी हो सकी. लेकिन शादी भी उसके लिए अज़ीयतों का पहाड़ ही साबित हुई. उसका शौहर उसे रात-दिन उसे तुम्हारे नाम के ताने देता. ससुराल वाले भी उसकी कद्र नहीं करते. एक दो बार तो वह मैके आकर बैठ गई. खुलअ की मांग भी की लेकिन फिर लोगों ने समझा मनाकर मियाँ बीवी में सुलह करवाई..."

"लेकिन उसका शौहर ऐसा करता क्यों था?"

"शक्की था और सनकी भी. उसके माँ-बाप ने तुम्हारे खानदान और खानदानी जायदाद की वजह से उसकी शादी करवाई थी लेकिन उसके दिल में हमेशा यह मलाल रहा कि तुम्हारी ठुकराई हुई लड़की उसके गले मढ़ दी गई. वो तो अल्लाह का करम था कि छोटी सी बच्ची छोड़कर मर गया और नसीम को अज़ीयतों से छुटकारा मिला."

मेरा दिल बहुत भारी हो रहा था. मैंने तो ख्वाब में भी नहीं सोचा था...

हम वहाँ से थोड़ी दूर जा बैठे थे. भीड़ से दूर, ताकि कोई हमारी आपसी बातें न सुने और हमारी बातों में खलल न पड़े. हमारी पुश्त में बाज़ार था और सामने सड़क. सड़क पर आमदोरफ्त ज़ारी थी. सड़क के उस पार थीं मस्जिद की सीढ़ियाँ. सीढ़ीयों से ऊपर मस्जिद और मस्जिद से ऊपर मस्जिद की मीनार. मीनारों के ऊपर छत की तरह छाया हुआ आसमां. आसमान रंग बदलने लगा था और गुज़रते वक़्त का एलान कर रहा था. इस वक़्त कुरआन की सूरह अस्र की वह आयत बरबस ही याद आती है, "वल अस्रि, इन्नल इनसान ल फी खुस्रि... गुज़रता वक़्त गवाह है

कि इनसान नुकसान में है...”

लेकिन कुछ नुकसान ऐसे होते हैं जिनकी भरपाई मुश्किल होती है. यह नुकसान तो आमालनामे में लिखा जा चुका है... मेरी रूह कांप गई. मैं घबराकर उठ खड़ा हुआ. मैं इस नुकसान से नज़र चुराकर अपने दिल को कुछ सुकून पहुंचाना चाहता हूँ.

“क्या हुआ?” रफीक ने मेरा हाथ थामकर पूछा. अल्लाह ने उसे आज सचमुच मेरा रफीक बनाकर भेजा था.

“कुछ नहीं.” मैंने बहाना किया, “मगरिब की अज़ान नहीं हुई अब तक?”

“अभी तो काफी वक़्त है. अभी अभी तो अस्र की नमाज़ हुई है.” उसने कहा और पूछा, “क्या वहाँ जल्दी वक़्त हो जाता है मग़रिब का?” फिर खुद ही जवाब दिया, “होता होगा. दिन जल्दी ढलते होंगे. योरोप है न?...” मुझे उसके कयास पर हँसी आई; लेकिन लब तक न आ सकी.

“चल ज़रा घूम आते हैं.” उसने कहा और मेरा हाथ पकड़ उठ खड़ा हुआ.

“रफीक!” मैंने झेंपती हुई हँसी हँसते हुए कहा, “तुझे अल्लाह तआला ने आज सचमुच मेरा रफीक बनाकर भेजा है.”

जवाब में वह भी हँसा और काले सफेद रंगों में उलझी उसकी लम्बी दाढ़ी हिली. अब सामने बस्ती का सुस्तरफ्तार बाज़ार था और हम बाज़ार के बीच चल पड़े. ठहरा हुआ वक़्त जैसे यकायक चल पड़ा... और चल पड़ी ठहरी हुई बातें...

*

19

"अभी इतनी रात को आप कहाँ इतनी दूर मस्जिद जाएंगे? यहीं अपने कमरे में ही इशा की नमाज़ पढ़कर आराम करें. आपका कमरा ठीक कर दिया है..." नसीम ने कहा तो मुझे ज़रा हैरानी हुई. मेरा कमरा? मेरा सवाल जैसे उसने सुन लिया हो उसने बीच की दीवार में बना एक कामचलाऊ दरवाज़े को खोल दिया. उस तरफ मेरी नज़र के सामने था, वह खुला आंगन. आंगन में वही पुराना दरख्त जो अब काफी सूखा सूखा सा था. शायद देख- भाल की कमी की वजह से? इसी दरख्त के नीचे कभी हमारे दादा सरफराज़ खाँ का तख्त बिछा होता था. मेरे कदम बेसाख्ता उठे और मैं धीरे-धीरे चलकर उस दरख्त तक पहुंच गया.

"यहाँ कभी दादा जान का तख्त बिछा होता था." मैंने जैसे अपने आप से कहा.

"आज कल अम्मी जान के पास है." नसीम ने शायद मेरी बात का जवाब दिया जबकि मैंने उससे पूछा ही नहीं था. मैंने पीछे पलटकर देखा. नसीम मेरे पीछे खड़ी थी. शायद पीछे-पीछे वहाँ तक आ पहुंची थी.

"हँ, अच्छा?" मैंने चौंककर पूछा, "अभी तक मौजूद है?" मुझे पता नहीं, मेरे इस सवाल में हैरानी ज़्यादा थी या खुशी.

"जी." उसने मुख्तसर सा जवाब दिया.

"तुम्हें याद है यहीं हम दोनों दादा जान की गोद में खेलते और दादा जान की तवज्जोह हासिल करने के लिए एक दूसरे से होड़ करते."

"मुझे याद नहीं." उसने बस टका सा जवाब दिया, "मैं तब बहुत छोटी थी. आपको याद हो शायद. आप मुझसे काफी बड़े हैं." मुझे बड़ी कोफ्त हुई. कितनी रुखाई से जवाब दे रही है. लेकिन कितना इतनी सीधी सपाट और दो- टूक बात कि जिसकी कोई काट ही न हो.

"मुझसे नाराज़ हो नसीम?" मैंने भी सीधा-सीधा दो टूक सवाल किया.

"जी नहीं! किसलिये?" उसने पूछा तो मैं चाहकर भी अपनी बात कह न सका. और तभी सारे आंगन में रौशनी बिखर गई. मैंने देखा वह कमरे के सामने एक स्विच बोर्ड के पास खड़ी थी. उसके हाथ में पानी से भरा एक बदना था. उसे वहाँ रखते हुए उसने कहा, "वज़ू के लिए पानी..."

फिर उसने कमरे का दरवाज़ा खोल दिया अंदर जाकर लाइट जलाकर बाहर आ गई. "कमरा ठीक कर दिया था. आपका सामान भी अंदर रखवा दिया. पीने का पानी भी रखा है. और कोई ज़रूरत हो तो बताइएगा."

"तुम्हें इतनी तकलीफ उठाने की क्या ज़रूरत थी; मैं खुद कर लेता."

"वल्लाह! आप कैसी बात कर रहे हैं भाई. आप मेहमान हैं हमारे. हम आपसे काम करवाएंगे? हमारे हाथ न कटके गिर जाएँ. फिर आप बड़े हैं हमारे. हमारे खानदान की शान, हमारे सरबराह हैं. आपकी खिदमत का मौका मिला, यह तो हमारी खुशकिस्मती है." पता नहीं उसकी बातों में कितनी सच्चाई थी और कितना तंज़ था. मैं वैसे भी इतनी बड़ी बातें सुनने का आदी नहीं था.

"तंज़ कर रही हो नसीम?" मैंने पूछा.

"अल्लाह न करे भाई जान! मैं इतनी गिरी हुई नहीं हूँ. आप अपना मर्तबा तो देखिए. आप हमारी नाक हैं. इस खानदान के सरताज! सरफराज़ खाँ के इकलौते वारिस! मैं आप पर तंज़ करूँ, इससे पहले अल्लाह करें मेरी ज़बान कटके गिर जाए..."

"मैं इतनी बड़ी-बड़ी बातें सुनने का आदी नहीं हूँ नसीम. मुझे कोई इस तरह ट्रीट नहीं करता, न मैं करवाना चाहता हूँ."

"आप अपनी खानदान के बीच रहे ही कब हैं? अब खानदान के बीच आए हैं तो आपके मर्तबे और एजाज़ के हिसाब से ही बातें होगी न?" उसने कहा और वापस जाने के लिए मुड़ी.

"नसीम!" बेसाख्ता मैंने पीछे से आवाज़ दी.

"जी?" उसकी ज़बान पर सवाल और निगाह में हल्की सी शुबह की झलक थी. मैं कुछ कहना चाहता था. बहुत कुछ! लेकिन ज़बान साथ नहीं दे रही थी. धड़कन बढ़ गई थी. कानों में रफीक की बात गूंज रही थी, "...बहुत तकलीफें उठाई है उसने. और सब कुछ तेरी वजह से..."

*

20

मेरी हिम्मत जवाब दे गई. लेकिन कुछ तो कहना था,"अगर तुम यकीन करो तो, मैं अपने पुरखों की विरासत को बेचना नहीं चाहता. लेकिन क्या करूँ मेरे बच्चे और अहलिया चाहते हैं..."

"आप कबसे इतने जज़्बाती होने लगे...?"वह बोली,"मशहूर ए ज़माना है कि आप तो माशा- अल्लाह बड़े प्रैक्टिकल हैं..."

"नसीम! खुदा के लिए तुम तो ऐसी बातें न कहो. अम्मी की नज़र में तो मैं संगदिल रहा हूँ. तुम तो उनकी ज़बान मत बोलो. आखिर को मैं भी इनसान हूँ. मेरे भी जज़्बात हैं. मुझमें भी कुछ एहसास हैं. इतना बेहिस नहीं हूँ मैं." मैं बोला. मुझे सचमुच बुरा लगा था.

"भाई, आपका दिल दुखाना मेरा मक़सद नहीं था..." वह बोलने लगी लेकिन उसकी बात काटते हुए मैं बोलता रहा,

"इस मिट्टी में मेरी भी जड़ें हैं. इस घर की एक एक ईंट से मेरी यादें वाबस्ता हैं..."

"ये वक़्ती जज़्बात हैं, आप अभी यहाँ हैं इसलिए आपको ऐसा महसूस हो रहा है. अपनी दुनिया अपने माहौल में वापस चले जाएंगे तो फिर आप अपनी दुनिया में रम जाएंगे. सब नॉर्मल हो जाएगा. आप टेंशन मत लीजिए." वह कहने लगी. कितनी स्ट्रेट-फॉर्वर्ड है वह... मुझसे भी ज़्यादा... मेरे दिल ने कहा.

"पता नहीं. मेरा दिल कुछ करके इस बात पर राज़ी नहीं होता..." मैंने अपनी बात रखनी चाही.

"फिर आप क्या करेंगे?"उसने सवाल किया गोया गोली दागी, "हममें अब इतनी ताब नहीं रही कि मजीद आपकी प्रॉपर्टी की देखभाल करें."

"अब तक तो करते रहे?" मैंने पूछा.

"तब चच्ची जान हयात थीं, और उनके बाद उनकी मुरव्वत में और रिश्तों का खयाल करके कर लिया. लेकिन अब आप आ गए हैं तो अपने खेत और घर में से अपना हिसाब किताब देख लें और फिर चाहे रखें या बेचें; हमें इस ज़िम्मेदारी से निजात दें."उसने उसी लहज़े में कहा. मैं उसकी कड़वाहट को समझ सकता था. और मैं इस गुफ्तगू को मजीद बढ़ाना नहीं चाहता था. लेकिन ऐसा लगा इन बातों पर मेरा अख्तियार ही नहीं. जाने कैसे मैं ये सब बातें करने लगा. वह कौन सी ताकत थी जो मेरे मुंह में अपनी ज़बान रख रही थी. किन बातों का ये असर था. क्या रफीक़ की बातों का? या उससे पहले ये बातें मेरे अंदर कहीं दबी हुई थीं और आज माकूल वक़्त देखकर बाहर आने लगी थी...

मैंने ऐसा कोई काम किया नहीं था कि जिसकी बिना पर मैं पुरखों की मेहनत से हासिल की गई विरासत पर अपना हक जताऊँ. मैंने किया क्या था? अपने दादा, अपने वालिदैन, ताया-ताई किसी की ज़बान का पास नहीं रखा. सब के जज़्बातों से खेला. और अब आया हूँ उनकी विरासत बिगाड़ने? क्या मुझे हक़ है?... बातें तो बहुत सी ज़बान पर आना चाहती थीं, लेकिन हिम्मत कहाँ थी?

"लेवाल मौजूद हैं. आप बात कर लीजिए और किसी और को दिखाना चाहें तो और चार लोगों को दिखाकर कोई नया ग्राहक ढूंढ लें..." नसीम कहने लगी.

"तुम कैसी पराए लोगों सी बात करती हो नसीम. मैं कोई गैर नहीं, इसी खानदान का फर्द हूँ. तुम्हारे चचा का बेटा, सरफराज़ खाँ का पोता हूँ..."

"भाई, इसमें अपने पराए वाली बात कहाँ से आ गई? मैं सिर्फ अपनी ज़िम्मेदारी की बात कर रही हूँ..."

"तुम मुझे समझ नहीं सकोगी कभी!" मैंने चिढ़कर कहा.

"आपको तो कोई नहीं समझ सका. चच्ची जान नहीं समझ सकीं, दादा जान नहीं समझ सके फिर मैं कौन से खेत की मूली हूँ? कहते हुए वो जाने लगी. जाते-जाते मैंने उसे साफ-साफ बड़बड़ाते हुए सुना, "वैसे भी मुझे क्या करना है समझकर..."

"मैं कल सुबह ही मामू से मिलने जा रहा हूँ..." मैंने पीछे से आवाज़ देकर कहा.

पता नहीं उसने सुना? पता नहीं, नहीं सुना? कोई रद्दे अमल नहीं... कोई जवाब नहीं...

मेरे सामने सारी रात खड़ी थी. मेरे गांव में, बरसों बाद मेरी पहली रात. जाने और क्या-क्या होना बाकी था.

*

21

मैं फज्र की नमाज़ के बाद तैयार होकर ताई अम्मी से इजाज़त लेने गया तो नसीम ने कहा, “मैंने सोचा आज आप देर तक सोएंगे इसलिए चाय नहीं लाई.” कहते हुए उसने चाय का कप वहीं मेरे हाथ में पकड़ा दिया. अभी वह रात वाली नसीम से जुदा बिल्कुल बदली बदली सी लग रही थी.

“ताई अम्मी, आज मैं ज़रा शहर जा रहा हूँ. मामू मुमानी भी रास्ता देखते होंगे.” मैंने ताई अम्मी से कहा.

“इतनी जल्दी क्यों बेटा? आज शफक़ आ रही है. वो आ जाए फिर उसके साथ चले जाना. वहीं वकील से मिलकर ज़मीन वगैरह का हिसाब-किताब भी समझ लेना.” ताई अम्मी ने समझाया.

“जाने दीजिए अम्मी.” नसीम ने बीच में कहा, “शफक़ इन्हें वहीं ज्वाईन कर लेगी. और वहीं से वकील साहब के पास ले जाएगी. मैं शफक़ को फोन कर देती हूँ, वह एयरपोर्ट से सीधा मामू के यहाँ चली जाएगी.”

मुझे अच्छा नहीं लगा. हालांकि नसीम की बात ज़ाहिर तौर पर मेरी ही तरफ थी फिर भी मुझे लगा जैसे वह मुझे बर्दाश्त नहीं कर रही. मैंने ऐतेराज़ किया, “नहीं नहीं, बच्ची को क्यों फजीत करोगे...”

“इसमें फजीहत की कोई बात नहीं. वह इतनी कमज़ोर बच्ची भी नहीं. सेल्फ डिपेंड है और मज़बूत है...” नसीम कह रही थी कि ताई अम्मी ने बात काटते हुए कहा, “अभी तो मेरे बेटे से ठीक से बातचीत भी नहीं हुई...”

“बातचीत कहाँ भागी जाती है अम्मी और आपके बेटे भी कहाँ भागे जाते हैं? एक बार शहर से आ जाएँ तो फिर करते रहिए बातें. वैसे भी प्रॉपर्टी की डील होने तक तो रुकेंगे ही.” नसीम ने पराठे सेकते हुए कहा.

"वैसे बाप दादा के हाथ की जायदाद बेचने का मेरा दिल बिल्कुल नहीं है ताई अम्मी." मैंने कहा.

"किसका दिल करता है बेटा? फिर भी बेचना तो पड़ेगा. आखिर अब तुम यहाँ आने से तो रहे. वहाँ तुम्हारा घर परिवार आबाद है."

मैं चाहकर भी कुछ बोल न सका. नसीम के रद्दअमल के खौफ ने मेरी ज़ुबान पर ताला लगा दिया. मैं आह भरकर उठा.

"ऐसे कैसे जाएंगे?" मुझे खड़े होते देख नसीम ने टोका, "अभी नाश्ता लग जाता है."

'मेहरबानी...' मैंने दिल में कहा.

"रुको बेटा पहले नाश्ता कर लो." ताई अम्मी ने कहा. नसीम ने अंडे की खारज और पराठे दस्तरख्वान पर लगा दिए. हम तीनों ने साथ बैठकर नाश्ता किया. नाश्ते के दौरान ताई अम्मी जो कुछ पूछती उसका जवाब ही देता रहा. मैं ज़्यादातर चुप रहने में ही अपनी भलाई समझता रहा. पता नहीं नसीम कौन सी बात पकड़ ले और उसपर क्या बात कर दे. मैं कभी इतना बुज़दिल तो नहीं था. यह मुझे क्या हुआ जा रहा था...

मैं जब चलने लगा तो नसीम ने कहा, "ज़रा ठहर जाईए, ऑटो आता होगा."

"ऑटो?" मैंने हैरानी से पूछा.

"जी," उसने कहा, "मैंने फोन करके बुलवा लिया था. आप अकेले कैसे जाएंगे बस स्टॉप काफी दूर है."

"ओह!" मेरी ज़बान से निकला. मैंने तो सोचा भी न था. लेकिन जब मैं बाहर आया तो नसीम भी मेरे पीछे-पीछे बाहर तक आई.

"नसीम," मैंने कहा, "मैं सचमुच नहीं चाहता कि हमारे बाप-दादा की विरासत किसी और के हाथ में जाए."

"आखिर आप चाहते क्या हैं?" उसने बेज़ारगी से कहा.

"यह सब तुम ही रख लो."

"यह मुमकिन होता तो हम खुद रख लेते. आपको बेचने की सलाह नहीं देते. यह सब आप पर जितना ग़िराँ है उससे कहीं ज़्यादा हम पर है. आप तो चले जाएंगे कुछ दिन में भूल जाएंगे. हम लोग तो जब तक जिंदगी रहेगी, बाप-दादा की विरासत पर गैरों को काबिज़ देखेंगे..."

"इसीलिए तो कह रहा हूँ नसीम..."

"लेकिन भाई हमारी इतनी हैसियत नहीं..."

"ऐसा क्यों कहती हो? मैं कौन सा तुमसे कुछ मांग रहा हूँ."

“फिर?”उसने हैरान होते हुए पूछा.

“बस ऐसे ही.” मैंने कहा, “मैं अपना हिस्सा भी तुम्हारे नाम लिख देता हूँ.”

यकायक वह खामोश हो गई. मैं कुछ पल जवाब के इंतज़ार में उसके चेहरे की तरफ देखता रहा. कुछ पल ठहरकर उसने तंज़िया लहज़े में कहा- “मैं जान सकती हूँ, मुझ पर ये मेहरबानी किस लिए?”

“कोई मेहरबानी नहीं नसीम...”

अभी मैं और कुछ कहता उसके पहले ही वह बोली- “मुझे आप से ये उम्मीद हर्गिज़ न थी नियाज़ भाई. मैं खूब समझ रही हूँ आपका मतलब. लेकिन इतनी बे गैरत नहीं हूँ मैं. मैं ठोकर मारती हूँ ऐसी भीख पर...”

वह रोती हुई अंदर चली गई. मैं हैरान परेशान सा खड़ा रह गया.

*

22

इत्तेफाक से तुरंत ऑटो रिक्शॉ आ गया और मैं उसमें बैठ गया. रिक्शा चला जा रहा था, लेकिन मैं जैसे वहीं अटक कर रह गया था. ऑटो चला जा रहा था और मेरा दिल दिमाग पीछे... रात की बातें मेरे ज़ेहन में घूमने लगीं...

रात नसीम मुझे बातें सुनाकर तो चली गई और उसके जाने के बाद मैंने वज़ू बनाया और नमाज़ के लिए खड़ा हो गया. यह मेरा कमरा था और सरफराज़ खाँ की हवेली में मेरे हिस्से में आया था. मेरे वालदैन ने अपनी गिरस्ती इसी कमरे से शुरू की और इसी कमरे में मेरा बचपन बीता था. मैं अपने इसी कमरे में नमाज़ पढ़ रहा था. इशा की अज़ान हो चुकी थी. और अब बाहर खामोशी पसरी हुई थी. अभी मेरी नमाज़ खत्म नहीं हुई थी कि रात की खामोशी को तोड़ते हुए, मोबाईल बज उठा. मैंने ध्यान नहीं दिया क्योंकि मैं नमाज़ पढ़ रहा था. रिंग बजी और खामोश हो गई. फिर बजी और खामोश हो गई. एक बार फिर बजी और फिर खामोश हो गई. तीन रकात वित्र पूरी करके मैंने मोबाईल को देखा कोई मिसकॉल नहीं थी. मैं समझ गया व्हाट्सएप पर कॉल रही होगी. इसका मतलब घर से...

सचमुच ऐसा ही था. माहिरा का फोन था, मेरी बीवी का. मैंने कॉलबैक किया तो उसने फौरन ही रिसीव किया और जैसे पहले से भरी बंदूक से फायर हुआ हो, वह शुरू हो गई. दुआ न सलाम! उसने छूटते ही कहा, “वतन जाते ही हम लोगों को भूल ही गए...”

“ऐसा नहीं है यार, ऐसा नहीं है. ज़रा मसरूफ हो गया था.” मैंने सफाई दी.

“कहाँ मसरूफ हो गए थे? ज़रा हम भी तो सुनें. उससे ज़रा दूर ही रहना.”

“उससे किससे? किसकी बात कर रही हो?” मैंने अनजान बनने की कोशिश की. हालांकि उससे से उसकी मुराद क्या है मैं जानता था.

"ज़्यादा भोले न बनें, मैं उसी की बात कर रही हूँ... आपकी एक्स, क्या नाम है उसका..."

"नसीम." मैंने कहा, "उस बेचारी को क्यों बीच में घसीट रही हो?"

"वाह! अब उसका दर्द भी लगने लगा?"

"क्यों नहीं लगेगा? मेरी कज़िन है. ताया की बेटी. अब गिन-चुनकर हम दो ही तो हैं इस खानदान में. मेरे अलावा वही तो सरफराज़ खाँ के खानदान की खानदान की दूसरी शाख..."

"शाख है तो झूल जाओ... जैसे हम तो कोई है नहीं..."

"आप मुझपर शक़ कर रही हैं? इतने बरसों के बाद?"

"आप पर शक़ नहीं कर रही... लेकिन किसी और का क्या भरोसा..."

"ऐसा नहीं है जान. शी इज़ अ डीसेंट लेडी. बहुत ज़हीन और बहुत सुलझी हुई..."

"तो अब कसीदे भी पढ़े जाने लगे उसकी शान में? एक दिन में इतने इम्प्रेस हो गए? या अल्लाह मैं यह जानती तो जाने ही नहीं देती. भाड़ में जाए प्रॉपर्टी और भाड़ में जाए विरासत..."

"देखिए, मैं तो खुद नहीं आना चाहता था. आप लोगों ने ही मुझे ज़बरदस्ती करके भेजा कि अपनी विरासत है अपना हिस्सा है."

"तो कुछ ग़लत कहा? अपना हिस्सा क्यों छोड़ोगे? उसे बेच-खोच कर यहाँ कुछ कर लेंगे..."

"इसीलिए तो आया हूँ. वरना मैं तो इस विरासत पर अपना कोई हक़ ही नहीं मानता."

"क्यों नहीं मानते? आखिर आपके सिवा उस खानदान का वारिस है कौन?"

"आप भूल रही हैं. यह सब छोड़कर मैंने आपको अपनाया था."

"अब मुझ पर एहसान मत जताईए." उसने चिढ़कर कहा, "मैंने भी तो आपकी खातिर अपने खानदान वालों से बगावत की. वरना मेरा भी रिश्ता अपने खानदान में तय था."

"हाँ, लेकिन तुम्हें तो अपना खानदान छोड़ना नहीं पड़ा न? बल्कि तुम तो फायदे में ही रही. वरना अपने वालदैन से दूर पाकिस्तान में होती..."

"तो अब मुझे इस बात के ताने भी दोगे?" अब वह रोने लगी थी, "क्या इसमें भी मेरी गलती है कि मेरे वालदैन शुरु से लंदन में सेटल थे और तुम्हारे हिंदुस्तान के किसी गांव में?..."

*

23

दोनों तरफ के खेतों और दरख्तों के बीच से गुज़रती पक्की सड़क पर बस फर्राटे भर रही थी. दिल मेरा जैसे फिर कहीं दूर छुट रहा था. तो ऐसी होती है अपने मुल्क अपने वतन की मिट्टी की कशिश और ऐसा होता है उसका असर. आजकल मैं अपने आप को बिल्कुल मुख्तलिफ बिल्कुल बदला हुआ सा महसूस करने लगा हूँ. मैं बरसों बाद ऐसे एहसासात से दो चार हूँ, जिनसे मैं एक अरसे से नावाकिफ था. या शायद यह कहना ठीक रहेगा कि मेहरूम था. मैं ऐसा तो था नहीं जो दिमाग की बजाय दिल से सोचे. लेकिन क्यों आजकल मेरा दिल मेरे ज़ेहन पर हावी होता जा रहा है? और सुकून भी इसी बात में था कि मैं सुकून से बैठकर दिल को जज़्बात की उड़ान भरने दूँ. क्या यह सब जड़ों की वजह से है? क्या मेरी जड़ें यहाँ इतनी मज़बूती से जमी हुई है. मुझे यकायक उलटी इमली का दरख्त याद आया. मुझसे कितना मिलता है उसका हाल. जैसे उस दरख्त का एक माज़ी था और वह उन जड़ों के सहारे ही अपने माज़ी से जुड़ा हुआ है. जैसे वह ज़मीन ही उसका माज़ी है. ज़मीन छूटी माज़ी छूटा. क्या यह ज़मीन भी मेरा माज़ी है. ज़मीन से उखड़ा यानी माज़ी से उखड़ा. लेकिन माज़ी की ज़रूरत ही क्या है. फिर आखिर क्यों मेरा माज़ी मेरे आज पर हावी हुआ जा रहा है?

मैंने खिड़की से बाहर देखना शुरू किया. ज़मीन, आसमान, बादल और पहाड़, बिजली के खम्बे और दरख्त तेजी से पीछे की तरफ भागे जा रहे हैं. जैसे इस वक़्त मेरे खयाल पूरी रफ्तार से सामने से आकर पीछे भाग रहे हैं. ताई अम्मी, नसीम, मेहर का व्हाट्सएप कॉल...

कॉल की रिंगटोन ने यकायक खयालों की दुनिया से हकीकत की दुनिया में ला पटका.

"हलो." एक छोटे से हलो से उसने बात शुरू की. मैंने भी हलो में ही जवाब दिया. मुझे हैरानी हो रही थी. अभी तो वहाँ रात ही होगी.

"खैरियत तो है?" मैंने पूछा, "सोई नहीं?"

"फज्र की नमाज़ का वक्त है...?" उसने कहा.

"ओह! ठीक है. मैं अभी बस में हूँ. मामू के घर जा रहा हूँ." मैंने कहा.

"क्यों? वहाँ का काम निपट गया?"

"नहीं." मैंने मुख्तसर सा जवाब दिया. मैं मजीद बात जारी रखने से बचना चाहता था. जो कुछ अब तक होता आया वही सब अब तक ज़ेहन पर भारी गुज़र रहा था.

"फिर? अच्छा रात वाली बात की वजह से? अरे वो तो मैं गुस्से में बोल गई. क्या मैं आपको जानती नहीं?..."

"पता नहीं." मैंने कहा और आस-पास देखा. मेरी बगल वाली सीट पर बैठे शख्स के सिवा किसी और की दिलचस्पी मुझमें न थी. फिर भी दिल ने चाहा कि फोन काट दूँ. "मैं बस में हूँ यार पब्लिक प्लेस में. अभी मैं बात नहीं कर सकता."

"कोई बात नहीं." उसने कहा, "आप अभी अगले स्टॉप पर उतर कर वापस हो जाएँ, और अपना काम निपटाकर ही वहाँ से हटें. क्या पता किसी की नीयत बदलते देर नहीं लगती..."

मैंने फोन काट दिया और बाहर देखने लगा. फोन फिर बज उठा. मैंने देखा नहीं. थोड़ी देर बजने के बाद फोन बंद हो गया. मैंने ध्यान नहीं दिया. मैं बाहर नज़र जमाए था. मैं बाहर के नज़ारो में खो जाना चाहता था; क्योंकि कभी नसीम की बाते, कभी मेहर की बातें लगातार मेरे ज़ेहन में शोर मचाने लगी थीं.

फोन फिर बजा. मैंने ध्यान नहीं दिया.

"आपका फोन बज रहा है..." बगल की सीट पर बैठे शख्स ने जैसे खुशामदी लहज़े में कहा.

'क्या मुझे मालूम नहीं...' दिल ने कहा. लेकिन ज़ाहिर में मैंने कुछ नहीं कहा. सिर्फ गज़बनाक निगाहों से उस शख्स की तरफ देखा. उसके चेहरे पर जो तआस्सुर थे, लगा जैसे वह मुझसे शाबासी की उम्मीद लगाए है. लेकिन मेरी नज़र में उसके लिए नागवारी के सिवा कुछ न था.

मैंने फोन पर नज़र डाली, नसीम की कॉल थी...

*

24

मामू जान ने मुझे ने मुझे गले लगाया और मुसाफा लिया तो उनकी कमज़ोरी और कांपते हाथों का एहसास हुआ. मुमानी ने भी सिर-पीठ पर हाथ फेरकर दुआएँ दीं तो अम्मी की याद ताज़ा हो गई. एक ज़माने में चकरघिन्नी की तरह सारे घर में दौड़-भाग करती घर के सारे काम अकेले निपटाती मुमानी जान से अब चलना फिरना क्या उठना बैठना भी भारी था. उनका हर काम बड़े धीरे-धीरे होता और चलने में भी तकलीफ होती. क्या अम्मी की भी यही हालत रही होगी?

"आप को तो अम्मी चकरघिन्नी कहती थी मुमानी जान." मेरी बात सुनकर मुमानी ज़ोर से हँसी. लगा यक ब यक उनकी जवानी वापस आ गई.

"अँ? तो चकरघिन्नी तो मैं थी ही बेटा. सारे घर का काम अकेले ही निपटाती थी. वक्त-वक्त की बात है..."

वे कुछ और कहतीं कि मामू ने बीच में टोका, "चकरघिन्नी तो आप अब भी हैं बेगम! बस ज़रा सुस्त रफ्त हो गई हो."

"हाँ, तो अब भी क्या वही रफ्तार रहेगी?"

"हुस्न तो अब भी वही है बेगम!" मामू काफी खुशमिजाज़ शख्सियत के मालिक थे और अपनी बेगम के साथ तो हमेशा फ्लर्ट करते रहते थे. लेकिन उम्र के इस पड़ाव पर भी उनका यही मिजाज़ देखकर बड़ा अच्छा लगा. और भी अच्छा लगा यह देखकर कि मुमानी के चेहरे पर अब भी वही जवानी वाली हया की एक लहर दौड़ गई.

"क्या आप भी? बच्चे के सामने कुछ भी...?"

"अरे! ऐ अब कहाँ के बच्चे रहे. देखो कनपटियों पर सफेदी आ गई है. इनसे अब क्या छुपा है?"

"अरे! है तो फिर भी हमारा बच्चा ही." मुमानी ने समझाया, "बाल सफेद हो गए तो कौन सा हमारे बराबर हो गया?"

मैं हँसने लगा था. मुमानी ने मुझे मुखातिब करके कहा, "तुम इनकी तरफ ध्यान मत दो बेटा ये तो बुढ़ापे में बस सठिया गए हैं."

"मामू तो सदा से ऐसे ही थे," मैंने खुश होते हुए कहा, "लेकिन अंदाज़ नहीं था कि अब तक वैसे ही होंगे."

"वैसे ही क्या बेटा, ये तो बुढ़ापे में और ज़्यादा हो गए हैं..."

"ऐसा है, अब ज़िंदगी का आखरी दौर है. न ताकत बची न आमदानी बस एक ज़बान की ही ताकत रह गई है सो उसी से आप को खुश रख सकते हैं..."

"आपको मैंने कब कहा मुझे खुश करने के लिए?"

"लेकिन ज़िंदा रहने के लिए खुश रहना भी तो ज़रूरी है और बीवी को खुश खुर्रम रखना तो हर शौहर पर फर्ज़ है. हमारे हुज़ूर पाक सल्लल्लाहो अलैहे व सल्लम ने तो हमें यही सिखाया ..." वे मजीद कुछ कहते उसके पहले ही उनकी बात टूट गई. उनकी बहू नौरीन कमरे में आ गई.

"अस्सलामोअलैकुम नियाज़ भाई." उसने बड़ी खुशअखलाकी का मुजाहिरा करते हुए सलाम किया.

"वालेकुम अस्सलाम..." अभी मेरा सलाम ज़बान पर ही था कि वह शुरू हो गई.

"भाभी जान कैसी हैं? आप भाभी और बच्चों को क्यों नहीं लाए?" वह बोलती रही, "आप सीधे यहाँ क्यों नहीं आए?..." मैं उसकी किस बात का जवाब देता? वह रुके तब तो... लेकिन मैं खुश था. यहाँ सब लोग कितने खुशमिजाज़ और खुशअखलाक़ हैं. वहाँ के माहौल में, थोड़ी ही देर में मैं घुलमिल गया.

"कोई बात नहीं. अब तो आ गए हैं, अब तो यहीं रहेंगे." मुमानी जान बोलीं, "क्यों बेटा अभी तो रुकेंगे न?"

इससे पहले कि मैं कुछ कहता, मामू जान बोल उठे, "अरे भई, अब यहीं रहेंगे. वो तो प्रॉपर्टी का हिसाब-किताब देखना था इसलिए गए थे. वे तो शुरू से यहीं रहे हैं, उन्हें गांव पसंद थोड़ी है..."

मैं क्या जवाब देता. मैं खुद पेशोपेश में था. मामू का प्यार सच्चा था. उनकी बात भी सच्ची थी. बचपन में मैं गांव जाने से कतराने लगा था, और इसकी वजह शायद नसीम थी. लेकिन अब बात दूसरी थी और इसकी वजह भी शायद नसीम ही थी. लेकिन जो कुछ मेरे अंदर चल रहा था, मैं मामू को कैसे बताता. और कैसे कहता कि अभी जाना होगा और मैं कुछ कहता इतनी देर में ही एक 20-21 साल की लड़की बाहर से आई और बोली, "अस्सलामोअलैकुम! वॉव, लगता है हमारे

अंग्रेज़ चाचू आए हैं. अस्सलामोअलैकुम चाचू."

"अंग्रेज़ चाचू!?" यह खिताब मुझे बड़ा बुरा लगा लेकिन मैं चुप रहा.

*

25

"अरे बेटा ये रानू है, तुम्हारी भतीजी; खलील की बेटी..." मुझे हैरान देखकर मामू बोले.

"ओह! अच्छा अच्छा!" मैं बोला. और इससे पहले कि मैं मजीद कुछ कहूँ, मामू जान की बहू बोल उठी,

"कॉलेज से आ रही है. एमबीए कर रही है न." फिर रानू को दबी आवाज़ में झिड़की दी, "जा कपड़े बदल." मैंने सुन लिया लेकिन चुप रहा. समझ गया, रानू ने जींस और टॉप पहन रखी थी शायद इस वजह से... लेकिन मुझे क्या? कोई क्या पहनता है इससे मुझे क्या फर्क पड़ता है? मैं कुछ समझ न सका. लड़की उठकर अंदर चली गई. थोड़ी देर में सलवार सूट और दुपट्टे में नमुदार हुई.

"क्या बात है; आजकल हिंदुस्तान में लड़कियाँ एमबीए बहुत कर रही हैं?" मैंने उससे पूछा.

"हाँ, लेकिन इंजीनिअरिंग में ज़्यादा हैं." उसने कहा.

"और कौन कर रहा है, एमबीए?" मुमानी ने पूछा.

"शफक़. नसीम की बेटी!" मैंने कहा.

मैंने गौर किया कि शफक़ का नाम लेते ही मामू की बहू ने मुंह बनाया और मुमानी बोली, "उसकी तो बात ही मत करो भई." मुमानी ने ज़रा चिढ़े हुए अंदाज़ में कहा, "उसकी तो बात निराली है."

"क्यों?" मैंने हैरानगी से पूछा. मुझे ज़रा भी गुमान नहीं था कि कोई शफक़ के बारे में इस तरह बात कर सकता है. अपने गांव में तो सभी उसकी बहुत तारीफ और इज़्ज़त करते हैं.

"अरे! कुछ नहीं! कोई बात नहीं है बेटा," मामू बीच में बोल उठे, "इन लोगों का तो दिमाग खराब है..."

"मैं क्या गलत कह रही हूँ? जान जवान कुँवारी लड़की घर से इतनी दूर बैंगलोर में जाकर बैठी है. ये क्या शरीफ लड़कियों के लच्छन है?"

मैं हैरान था. आखिर ये किस किस्म की बात कर रही हैं, मुमानी जान? अभी कुछ वक़्त पहले तो इनकी ज़बानो से फूल झड़ रहे थे. लेकिन,

"इसमें क्या है? होशियार लड़की है, समझदार है; अपना भला बुरा समझती है. अकेली रहती है तो क्या?" मामू ने मुमानी की बात का खुद ही जवाब दिया.

"हाँ, आप तो तरफदारी करोगे ही उसकी. आपने ही तो उसे यहाँ रक्खा पढ़ाई के लिए चार पांच साल, आपकी तो लाड़ली है." मुमानी ने ताना कसा.

अब मुझे पता चला कि शफक़ ने यहाँ रहकर पढ़ाई की है, मेरी तरह. शायद मेरी तरह ही आसमान में उड़ना चाहती हो. नया आसमान... नई दुनिया... शायद बाहर कहीं... मैं इसे क्या समझता हूँ?... क्या नियाज़ खाँ के नक्शे कदम उसकी नज़र में हैं?... बहुत से सवाल यक ब यक मेरे ज़ेहन में उठने लगे...

लेकिन उनकी बहू भी अपनी सास के सुर में सुर मिला उठी, "अम्मी ने तो बहुत समझाया, बारहा रोका लेकिन दोनों माँ बेटी माने तब न? बडों की ज़बान की कोई कीमत ही नहीं..."

यह सीधे-सीधे मुमानी जान को उकसाने की कोशिश थी. मैं यह समझ रहा था. लेकिन यह नहीं समझ रहा था, क्यों? तभी रानू बोल उठी- "मम्मा आप शफक़ आपी के बारे में ऐसा क्यों बोल रही हैं? आप तो उन्हें कितना पसंद करती थीं? वो मेरी आईडल हैं और मुझे कितना इनकरेज़ करती हैं."

"तू चुप रह और अंदर जा. बड़ों के बीच में नहीं बोलते." माँ की डाँट सुनकर रानू उठकर चली गई. वह हैरान थी... और मैं भी हैरान था. दाल में कुछ काला है... मेरे दिल ने कहा.

"बहू!" मामू जान ने टोका, "ऐसे किसी की बुराई करना अच्छी बात नहीं, और खासकर पीठ-पीछे. यह अल्लाह तआला को सख्त नापसंद हैं. और रोज़ ए महशर, इसका बदला तुम्हें अपनी नेकियाँ देकर चुकाना होगा. कितना बड़ा नुकसान है? कभी सोचा? और वैसे भी किसी में खामियाँ ढूंढने की ज़रूरत ही क्या है? बेटा इसमें हमारा ही नुकसान है. दूसरों में खामियाँ ढूंढते ढूंढते, खामियाँ ढूंढने की आदत पड़ जाती है. फिर खूबियाँ नज़र नहीं आती. पता है कोई बुरी बात हम देखते हैं तो हमारा दिल कुढ़ता है और जब कोई अच्छी बात देखते हैं तो हमारा दिल बाग़-बाग़ हो जाता है. इसलिए अगर खुश रहना है तो खूबियाँ ढूंढिए, कमियाँ तो देखने वाले को ही जलाकर खाक कर देती हैं..."

मैं मामू जान का कायल हो गया. मैं समझ गया मामू जान और कई दूसरे लोग क्यों हमेशा इतने खुश ओ खुर्रम रहते हैं. लेकिन एक बात मुझे परेशान करने लगी. मैं आया तब ये लोग कितने खुश थे और इनके अखलाक़ कितने अच्छे थे? ये लोग यकायक बदल कैसे गए? क्या ये मुझे पसंद नहीं कर रहे? क्या मुझे भगाना चाहते हैं?

*

26

"मेहमानों के सामने कोई इस तरह बर्ताव करता है. बच्चा इतने बरसों के बाद आया है क्या सोचता होगा?" मामू ने जैसे मेरे दिल की ही बात कह दी, "चलो बेटा हम लोग बाहर से आते हैं. इन लोगों का तो दिमाग फिर गया..." मामू मुझसे मुखातिब थे लेकिन शायद कहीं से रानू ने सुन लिया था. वह बाहर आई और बोली, "हम भी चलेंगे दादू, हमें चाचू से बातें करनी है."

"ऐ ऐसे ही भूखे पेट ले जाओगे मेरे बच्चे को?" अब मुमानी जान बोलीं.

"हम बाहर ही खा लेंगे." मामू जान ने कहा तो मुमानी ने आकर मेरा हाथ कसकर पकड़ लिया,

"खाली पेट बाहर नहीं जाएगा मेरा बच्चा." वे बोलीं.

बहू जो ससुर की डाँट सुनकर अंदर चली गई थी, भागी-भागी आई और बोली, "नाश्ता तैयार हो गया अब्बा जी, अभी लग जाता है. रानू तुम जल्दी दस्तरख़्वान बिछाओ..."

अब मामू नरम पड़े. हालांकि वे सख्त ही कब थे. लेकिन उनके मिजाज़ की ज़रा सी भी तब्दीली सब के लिए बहुत मानी रखती थी.

"चलो बेटा नाश्ता कर लेते हैं." मामू मुझसे बोले, "चलो तुम नाश्ता लगाओ, अपने चाचू को नाश्ता कराओ..." उन्होंने रानू के सिर पर थपकी देकर कहा.

"यहीं डॉयनिंग टेबल पर ही आ जाएँ, चाचू को तो उसकी ही आदत होगी." रानू बोली.

"नहीं ऐसी कोई बात नहीं है..." मैंने झेंपते हुए कहा. मेरे पास बोलने के लिए मौके ही नहीं थे. मैं यकायक अजनबीपन महसूस करने लगा. लेकिन थोड़ी देर में डायनिंग टेबल पर मैं फिर घुल-मिल गया. इस दफा रानू मुझसे बहुत घुल-मिल गई. वह विलायत के और मेरी फैमली के बारे में सवाल करती रही. वहाँ के लोग,

वहाँ का रहन-सहन वगैरह के बारे में. मुझे अच्छा लगा.

"चाचू! अब की बार सब को लेकर आईएगा. कब आएंगे?" उसने पूछा. मैं क्या जवाब देता? मेरे पास शायद कोई जवाब था नहीं. और अगर था भी तो, दिल दुखाने वाला- 'कभी नहीं.' सो मैं हंसकर चुप रह गया.

"अरे, अब तो आते रहेंगे. क्यों आते रहोगे न बेटा?" मुमानी जान ने कहा. मैंने उनका भी जवाब नहीं दिया. फिर जैसे कोई भूली बात याद आई हो, "बेटा क्या कर रहा है?" उन्होंने पूछा.

"मेडिकल की पढ़ाई की है. प्रैक्टिस कर रहा है आज-कल." मैंने जवाब को फिर मुख्तसर रखने की कोशिश की.

"माशा अल्लाह!" मामू ने कहा, "उसे साथ ले आते? घूम फिर लेता. कोई लड़की वड़की पसंद कर लेता."

मैंने गौर किया इस बात पर मामू की बहू के चेहरे पर कैसी तो भी चमक आ गई. मुमानी ने पूछा, "वैसे कहीं लड़की वड़की देखी उसके लिए?"

"वैसे उसकी शादी कहाँ करने का इरादा है?" मामू बोले. इस मौके को उनकी बहू भी चूकना नहीं चाहती थी,

"भाई साहब बेटे का रिश्ता तो यहीं कीजिए, अपने वतन में. कम से कम रिश्ता तो जुड़ा रहेगा. वरना बच्चे तो अपनी जड़ों के बारे में कुछ जानेंगे ही नहीं..."

इन बातों का मुझे तजर्बा था. जब मेरे ससुराली रिश्तेदार पाकिस्तान से हमारे घर मिलने आते तो वे भी कुछ इसी तरह की बातें करते. और तो और हमारी बेगम भी उनके सुर में सुर मिलाती. बेटा भी इस बात को समझता था. समझता था कि अपनी किसी लड़की को उसके सर पर बैठाने की बात है, और पीठ पीछे उनकी हँसी उड़ाता. बल्कि हम दोनों बाप-बेटे साथ मिलकर हँसते. लेकिन यहाँ मामला ज़रा सेंसीटिव था, ये लोग मेरे अपने थे. मेरे खून के रिश्ते.

"अभी तो कुछ सोचा नहीं." मैंने सीधा-सीधा जवाब देना ही ठीक समझा, "अभी तो बहुत वक्त है इन बातों के लिए."

"नहीं, नहीं बेटा. वक्त गुज़रते क्या देर लगती है," मुमानी जान ने टोका, "अभी से सब ठीक-ठाक कर लो वरना बच्चों के हाथ से निकलते क्या देर लगती है!"

"हो सकता है उसने कुछ सोच रखा हो. शादी तो आखिर उसने ही करनी है..." मैंने बात साफ करने की कोशिश की. मैं दिलों में कोई शुबह नहीं रहने देना चाहता था.

"आय हाय! तो क्या अपनी मर्ज़ी की शादी करेगा?" मुमानी ने ऐसे हैरत जताई जैसे कोई अनहोनी बात हो गई हो. फिर एकदम से पलटकर बोली, "हाँ, हाँ, क्यों

नहीं. जब बाप ने की है तो..."

इसके बाद माहौल काफी मायूस और बोझल सा हो गया.

*

27

खयाल गुम थे. दिल ओ दिमाग पर सुस्ती पसरी हुई थी. अब और कुछ सोचने समझने की चाहत नहीं थी. भारी नाश्ते ने अपना असर दिखाया था. दिल में था कि यहीं किसी बेंच पर पसर जाऊँ. मौसम सुहाना. ठंडी-ठंडी धुप खिली हुई जिसमें रौशनी तो थी, तपिश नहीं. लेकिन यह धूप की कोई किरन, जिस्म को जहाँ भी छूती, एक गुनगुनाहट का एहसास भर देती. मेरी आंखें, मेरा चेहरा और दोनों बाहें उस गुनगुने एहसास से सराबोर थे. मैंने नहा-धोकर आधी आस्तीन की हल्की सी शर्ट पहन रखी थी और अपने आप को काफी हल्का महसूस कर रहा था. यूके से आने के बाद मैं पहली बार इतना फ्री फील कर रहा था. हमारे कदमों के नीचे मुलायम घास का कालीन बिछा हुआ था और सिर के ऊपर बदरंग सा आसमां. यह नीला नहीं था. न खुशनुमा था जैसे कि तसव्वुर किया जाता है. मुझे अपने शहर का आसमां याद आ गया. खुशरंग और बादलों से ढका. मुझे कोफ्त हुई, पहले यह आसमां इतना गंदला नहीं हुआ करता था. लेकिन वो बचपन की यादें थीं. बचपन का आसमां.

"यहाँ, गर्द कितनी है?" मैंने कहा.

"कहाँ?" छड़ी के सहारे हौले-हौले चहलकदमी करते हुए मामू ने पूछा.

"हर तरफ!" मैंने कहा.

"कहाँ? मुझे तो नज़र नहीं आ रही." मामू जान ने ध्यान से चारों ओर देखते हुए पूछा.

"ये आसमान कितना बदरंग लग रहा है? पहले यह नीला हुआ करता था."

"हाँ, इधर आसमां बदरंग हो चला है. रंगों में अब पहले वाली बात नहीं रही. हर शय बदरंग हो चली है. पहले मुझे लगता था मेरा भरम है. उमर का तकाज़ा है, लेकिन अब नहीं लगता."

"मामू आप किस बारे में कह रहे हैं?"

"यह बात हर बात पर सही बैठती है."

"मैं यहाँ के आब ओ हवा के बारे में बात कर रहा हूँ..."

"मैं भी..."

अब पैरों के नीचे सूखे पत्ते दरकने लगे थे. क्योंकि अब हम उस जगह पर थे जहाँ लॉन के सिरे पर दरख्तों का फैलाव था. उनके पत्तों से छनकर धूप अठखेलियाँ कर रही थी. धूप की किरनें अब भी जिस्म को गुनगुना रही थी. लॉन के किनारे किनारे लाल, नीले, जामूनी रंगों वाले सालबिया के पौधे थे. कुछ कुछ जगहों पर हॉलीहॉक खिले थे. उसके चारों तरफ एक पाथवे बना था. जहाँ शायद सुबह और शाम लोग जोगिंग करते होंगे. एक तरफ नसरीन और डहलिया के गमले थे तो दूसरी जानिब गुलाब की लम्बी चौड़ी क्यारी थी. और पार्क के घेरे के किनारे किनारे रंगबिरंगे बोगनवेलिया की बेलें थीं. कहना ही पड़ेगा कि इस हाऊसिंग सोसाईटी ने अपने पार्क को अच्छी तरह मेंटेन रखा था. रंग ओ बू की कोई कमी नहीं थी. फिर भी यह सब नकली और बनावटी सा लगता था.

"पहले के लोग अच्छे थे..." मामू जान कहने लगे, "लोग अच्छे थे. लोगों के दर्मियान मुहब्बत थी तब रंगो के न होते भी ज़िंदगी कितनी खूबसूरत थी. अब रंग बहुतेरे हैं लेकिन लोगों के बीच मुहब्बत नहीं रही, इसलिए ज़िंदगी बदरंग हुई जाती है. आने वाला दौर कैसा होगा? सुना था कयामत के करीब शक्कर से मिठास और रिश्तों से मुहब्बत जाती रहेगी. अब वही दौर सामने देखते हैं. खुदा खैर करे."

मामू शायद थक गए थे. वे घास पर लगी हुई एक बेंच पर बैठ गए. मैं उनके बाज़ू बैठ गया. वे अपने मामूल के खिलाफ अब बहुत खोए खोए लग रहे थे. मुझे अफसोस हुआ कि बात कहाँ से कहाँ पहुंच गई. अब इनकी उम्र इन सब बातों में पड़ने की नहीं है सो मैंने बात का रुख मोड़ने की कोशिश की,

"मामू आप लोग इस सोसाईटी में क्यों आ गए?"

"तुम्हारे भाई खलील के इसरार पर."

"वह पुरानी जगह भी तो ठीक थी..."

"हाँ, थी. लेकिन आपके भाई को और उसकी बीवी को नई सोसाईटी में रहने का शौक़ था. मकान यहाँ ले लिया था..."

"और वो पुराना मकान?"

"वो है अभी..."

"आप और मुमानी वहाँ क्यों नहीं चले जाते रहने. वहाँ शायद आप को अच्छा लगे."

“अब आखरी दिन जहाँ भी कटें. अपने बाल बच्चों के बीच कट जाएँ तो बेहतर है. और वहाँ भी अब कौन बचा है? जनरेशन बदल गई है. लोग बदल गए. दोस्तियाँ रही न यारीयाँ. कुछ मर खप गए, कुछ हमारी तरह इधर-उधर हो गए. कुछ भागने को बेचैन है. कल बाज़ार में मेरा पुराना यार पंडित मिल गया, बताता था उसका पोता योरोप में कहीं सेटल हो गया है, सब को वहीं बुलाता है. मैंने कहा बे पंडित क्या करेगा दूसरे मुल्क जाकर? बोला यार तू तो जानता है आजकल किन लोगों की पूछ परख है. पंडित लोगों का यहाँ भविष्य ही क्या है? सच कहता हूँ बेटा, मैं तो हैरान रह गया. निचले तबके के लोग बेचैन हैं डरे हुए हैं तो ऊंचे तबके केलोग भी. हिंदू, मुसलमान फिक्रमंद हैं तो सिख और इसाई भी. यह कौन सी हवा चली है इस मुल्क में? और क्या कर रहे हैं हुक्काम? हदीस है कि कयामत के करीब हुकूमतें ना अहल लोगों के हाथ में होगी... बेटा, मुझे तो कयामत बहुत करीब नज़र आती है...”

*

28

शफ़क़ आई तो मुझे राहत मिली. मैं उसके साथ वकील से मिलने चला गया. आज कल हमारी पुश्तैनी जायदाद और वसीयतों का हिसाब-किताब उसी के पास था. मुझे बताया गया था कि वह इंडियन कॉन्स्टीट्यूशन से बहुत लगाव रखता था; हालांकि इसमें ऐसी हैरानी वाली बात भी नहीं थी. इसी कॉन्स्टीट्यूशन से तो उसे रोटी नसीब थी. लेकिन हैरानी की एक बात थी कि मुस्लिम न होने के बावजूद उसने सीए और एनआरसी के एहतेजाज़ में बढ़-चढ़कर हिस्सा लिया. हिस्सा क्या औरतों की हौसला अफ़ज़ाई से लेकर उनके लिए इस प्रोटेस्ट की ताईद और हिमायत में मुल्क भर में जगह-जगह जलसे करता फिरा था. उससे मिलने से पहले से लोगों की बातों से मेरे ज़ेहन में उसकी एक कच्ची पक्की सी तस्वीर बन चुकी थी, जो उससे मिलते ही टूट गई.

मुसलमान, बड़े बेईमान, पकड़ो इनके दोनों कान भेजो इनको पाकिस्तान... अबे कटुए तू हमारे देश में क्या कर रहा है... जैसे अल्फाज़ मेरे ज़ेहन में शोर मचाने लगे दिल किया कि उसी दम वापस लौट जाऊँ लेकिन उसने जिस खुलूस और इखलाक के साथ मेरा इस्तक्बाल किया और जिस गर्म-जोशी का मुजाहिरा किया, मैं कनफ्यूज़ होकर रह गया. क्या यह उन लड़कों में नहीं था? उसने पहले अम्मी के इंतेकाल पर अफसोस का इज़हार किया और यूँ कि लगा उसे सच में अफसोस है. शफक ने बताया था कि मेरी अम्मी का वह काफी लिहाज़ करता था और अपनी माँ का दर्जा दिया करता था. अम्मी भी उसे बेटे की तरह ही मानती थी. वह अम्मी की मैयत में शामिल होने गांव भी आया था और उसके लिए मैयत भी रखी गई थी, जबकि मेरा किसी ने इंतज़ार करना भी गवारा न किया.

थोड़ी देर में ही हमारे बीच के पर्दे गिर गए. हम फिर अपने बचपन के दिनों में पहुंच गए और तू-तड़ाक पर उतर आए.

"इतना बड़ा इंकलाब?" मैंने शायद तंज़ ही किया हो. उसने पूरी संजीदगी से जवाब दिया-

"वतन से मुहब्बत अपने आईन का मुतालबा, दो चीज़ें. जिस शख्स में ये दो बातें होंगी वो ऐसा ही सोचेगा जैसा मैं सोचता हूँ, फिर बचपन से लेकर मरने तक इनसान लगातार बदलता है. उसमें इंक़लाब आते ही रहते हैं..."

"लेकिन और भी तो वकील होते हैं," मैंने कहा, "सब तो एक से नहीं होते"

"हाँ, नहीं होते. सब की समझ भी तो एक जैसी नहीं होती. देख मैंने दो बात कही. इसमें से एक है वतन से मुहब्बत. वतन से मुहब्बत का मतलब तो वतन से मुहब्बत ही होता है न कि किसी रूलर से मुहब्बत. लेकिन कई लोग इसे इसी अंदाज़ में लेते हैं. मेरी समझ से रूलर से मुहब्बत कभी वतन से मुहब्बत नहीं हो सकती. क्योंकि रूलर्स तो आते जाते रहेंगे. कोई कोई जमकर भी बैठेंगे, लेकिन गलत रूलर्स से और गलत रूल्स से अपने वतन की हिफाज़त भी तो मुहब्बत ए वतन है देशप्रेम है. इसलिए रूलर्स से यानी शासकों से मुहब्बत करने वाला तो हरगिज़ मुहिब्बे वतन यानी देशप्रेमी नहीं हो सकता. लेकिन यह बात किसी को समझ में आती है, किसी को नहीं. वरना वतन से मुहब्बत तो हर कोई करता है. यह बिल्कुल नेचुरल चीज़ है. आप कोई ऐसा इनसान नहीं पाओगे जो अपनी मिट्टी से मुहब्बत नहीं करता. तुम तो इतने बरसों से बाहर रहे, क्या तुम भूल सके अपनी मिट्टी को? दिल नहीं करता कि आया हूँ तो इसी मिट्टी में दफ्न हो जाऊँ?"

मुझे लगा जैसे मैं अब रो पड़ूंगा. कम्बख्त ने मेरी दुखती रग प हाथ जो रख दिया है.

"यार! अब रुलाकर ही मानेगा क्या?" मैंने चाहा था कि वह मेरी दिल की बात न खोले.

"नहीं, तू बता न, गलत बोलता हूँ क्या?"

"यार! मेरा बस चले तो कभी वापस ही न जाऊँ..."

"बस! यही तो मैं कहता हूँ. और ऐसा क्यों है पता है? क्योंकि अपनी मिट्टी की कशिश सारी कशिश से ऊपर है. धर्म, जाती, भाषा आदि के लिए काम करने वाली सभी भावनाओं से ऊपर. सबसे ताकतवर जज़्बा होता है यह वतन से मुहब्बत का जज़्बा. इसे सिर्फ दौलत या ताकत की हवस ही हरा सकती है. इसलिए मैं कहता हूँ सिर्फ दौलत या ताकत की हवस वाले ही गद्दार हो सकते हैं आम आदमी तो कतई नहीं. फिर हम आम लोग इन रूलर्स के झांसे में आकर अपने मुल्क को कमज़ोर क्यों करें? और एक बात कहूँ? ऐसा कभी नहीं हो सकता कि हम एकजुट न रहें और खुश रह सकें..."

“फिर भी, तुझे कब एहसास हुआ कि...” मैंने उसकी बात के बीच में ही बोलना शुरू किया ही था कि मेरी बात कटते हुए वह कहने लगा,

“जब मैंने एलएलबी की. शुरुआत में ही जैसे मेरे लिए सोच के नए रास्ते खुल गए. हमारा संविधान हमारा कॉन्स्टीट्यूशन एक बेमिसाल चीज़ है. आंखें खोल देने वाली एक किताब. इसे हर एक को पढ़ना चाहिए तभी तो हमें एहसास होगा कि एक भारतीय के रूप में क्या हैं, और हमारे लक्ष्य क्या हैं. इसे हर किसी को पढ़ना चाहिए...”

*

29

शफ़क़ ज़रा हैरान सी थी, वह हमारे दर्मियान अजनबीपन महसूस करने लगी थी.

"अरे वाह! बचपन के दोस्त क्या मिल गए, बाकी सब को भूल ही गए?" यकायक वह हमारी बातों की कड़ियाँ तोड़ने पर उतारू हो गई, "जिस काम से आए हैं उसे तो निपटा लें?" वह बोली.

"अरे इसमें और क्या है, सब तो तुम देख ही आए होगे?" वह बोला, "अभी तो बस वही सब कुछ, कागज़ में देखना है, आधा हिस्सा घर... आधा खेत का ..."

"भाई, मैंने घर के सिवाय अभी तक तो कुछ नहीं देखा, और न बचपन का मुझे कुछ याद है..." मैंने टोका.

"क्यों शफ़क़, तुमने कुछ दिखाया नहीं मामू जान को?" उसने शफक से सवाल किया.

"मैं तो बैंगलोर में थी अभी आज ही वहाँ से एयरपोर्ट और एयरपोर्ट से सीधे यहीं चली आ रही हूँ." शफ़क़ ने कहा.

"अरे! तो तुमने पहले बताया क्यों नहीं? तुमने कुछ खाया वाया नहीं होगा. अभी कुछ मंगवा देता हूँ." कह के उसने फोन उठाया.

"अरे! नहीं अंकल, खाना तो मैं फ्लाईट में खा चुकी थी, और फिर मैं रानू के घर से मामू को लेकर आ रही हूँ. वे लोग भी मुझे भूखा थोड़ी आने देंगे."

मैं हैरान था, इसे कितना ऐतेबार है उन लोगों पर? और वे? सिर्फ इस गुमान से या कहें कि गलतफहमी की वजह से कि मैं अपने बेटे के लिए कहीं शफ़क़ का इंतेखाब न कर लूँ और इस वजह से भी कि वे लोग उनकी बेटी रानू मेरी नज़र में चढ़ जाए, उन लोगों ने क्या ही उलटी-सीधी बकवास की थी इस प्यारी और मासूम बच्ची के बारे में. जबकि रानू और शफ़क़ दोनों में तो बहुत मुहब्बत है.

और एक बात जो मुझे पता न थी वह भी आज सुबह मामू जान से ही मुझे पता चली थी कि शफक और रानू दोनों कज़िंस हैं. मामूज़ाद, फूफीज़ाद बहनें.

“असल में तुम्हारी अम्मी ने अपना कौल अपनी तरफ से पूरा-पूरा निभाया...” मामू जान ने कहा था, “तुम्हारे इनकार के बाद उसने न सिर्फ तुमसे कोई वास्ता नहीं रखा बल्कि अपनी और अपने बड़ों की ज़बान निभाने के लिए उसने नसीम को अपनी परस्तिश में लेकर एक माँ के सारे फर्ज़ निभाए. इसी लिए नसीम भी अपनी सगी माँ से बढ़कर तुम्हारी माँ को अपनी माँ का दर्जा देती रही. और शफ़क़ भी तुम्हारी माँ को अपनी सगी नानी से ज़्यादा मानती रही. तुम्हारे विलायत में शादी कर लेने के बाद जब नसीम के लिए रिश्ते नहीं आ रहे थे, कहीं बात चलाओ तो लोग यही पूछते थे कि बचपन का मंगेतर था तो इनकार क्यों किया? लड़कियों के रिश्ते में यह सब सवाल बहुत उठते हैं तो आखिर तब तुम्हारी माँ ने ही मुझसे ज़िद करके, मेरी बहू के भाई से नसीम का रिश्ता करवाया. मैं भी एक घर में दो-दो रिश्ते नहीं चाहता था, लेकिन अपनी बहन की ज़िद के आगे बेबस हो गया. लेकिन वह बहू का भाई, इतना नालायक शौहर निकला कि जिसकी कोई हद नहीं... लेकिन नसीम! वह और कमज़ोर लडकियों जैसी डरपोक तो थी नहीं. आखिर मेरी बहन ने उसकी परवरिश की थी. वह एक खुद्दार लड़की थी और अपने ऊपर लगने वाले हर बुहतान का झूठे इल्ज़ाम का डटकर जवाब देती थी. और यही बात बहू के घर वालों को बिल्कुल पसंद नहीं थी...”

“बुहतान(झूठे इल्ज़ाम या मनघड़ंत इल्ज़ाम)...” मैंने हैरानी से पूछा.

“हाँ, बहू का भाई बड़ा शक्की मिजाज़ और तुमको लेकर अनसिक्योर था...” मामू की बात फिर एक बार मेरे कलेजे में तीर की तरह लगी थी.

“मुझे तो यह ज़ेहनी मर्ज़ ही लगता है, वरना अपनी बीवी को खुश रखना भी तो हर शौहर का फर्ज़ होता है... लेकिन बहू को तो अपने भाई की ही लगती रही न?” मामू आगे कहते रहे, “इसी लिए वो नसीम से इस हद तक नफरत करती है...”

*

30

"खैर, जो हुआ, सो हुआ. वो वक़्त नहीं रहा, वो बातें नहीं रहीं." मामू जान ने आगे पूछा "लेकिन बेटा एक बात अब तक मेरी समझ में नहीं आई... तुम यहाँ से गए तब नसीम भी बहुत छोटी ही थी. तुमने उस बच्ची में ऐसी क्या कमी देख ली थी?"

"कुछ नहीं..." मैंने कहा था, "वह तो इत्तेफाक था..."

"इत्तेफाक नहीं. इत्तेफाक तो बिल्कुल नहीं था. यह सब तुमने जानते समझते किया. तुम्हारा कोई फायदा रहा होगा वरना..."

"बस बचपना था समझ लीजिए मामू जान. नादानी..."

"नादानी तो उस बच्ची में थी जिसने बचपन से तुम्हें अपने दिल में बसा लिया था. वह तो तुम्हारे नाम पर सारी ज़िंदगी गुज़ारने को तैयार थी. हम लोगों ने ही ज़ोर ज़बर्दस्ती उसके गले में घंटी बांधी थी. खैर! इन बातों का अब कोई मतलब भी नहीं. बस इतनी बात है बेटा कि हम जो फैसले लेते हैं, उनका असर हमारी ज़िंदगी में दूर तक साथ चलता है. शायद तुमने ठीक ही किया वरना शायद तुम वह नहीं होते जो आज हो. अलबत्ता तुम्हारे बुज़ुर्गों को इससे काफी तकलीफ पहुँची."

"आप ठीक कहते हैं मामू, लेकिन अब अपने बुज़ुर्गों से माफी मांगने के सिवा मैं कर भी क्या सकता हूँ."

"इसमें पछताने या नदामत की कोई बात नहीं. यह सब हमारी तकदीर के खेल हैं." मामू जान ने कहा तो सच में मुझे बहुत राहत पहुंची वरना मुझे तो डर था कि मामू मेरी लानत मलामत कर रहे हैं.

"मामू, सच तो यह है कि मैं यहाँ अपने हिस्से की जायदाद बेचकर पैसे ले जाने के मकसद से ही आया था. लेकिन यहाँ आकर मेरी कैफियत ही बदल गई. और अब मैं पुरखों की यह विरासत मैं किसी सूरत बिगाड़ना नहीं चाहता. कोई सूरत हो

तो बताएं."

"बेटा कोई सूरत मुझे तो नज़र नहीं आती. आखिर तुम्हारी औलाद यहाँ आकर रहने से तो रही. हाँ, चाहो तो कोई केयर टेकर रख सकते हो. लेकिन आदमी भरोसे का होना चाहिए."

"मैं कहाँ आदमी ढूढूंगा..." मैंने सोचा मामू कहेंगे मैं ढूंढ दूंगा, लेकिन ऐसा कुछ कहने की बजाय वे कुछ और तज़वीज़ कर रहे थे,

"तुम वापस आकर यहाँ बस जाओ."

"मामू जान यह तो अब मुमकिन नहीं है..." मैंने कहा, "कई अड़चनें हैं."

"तो अपने बेटे से कहो यहाँ आकर डॉक्टरी करे. तुम्हारी मिट्टी का कर्ज़ भी अदा हो जाएगा."

"यह तो और भी नामुमकिन है..."

"मैं जानता हूँ बेटा, और यह भी जानता हूँ कि प्रॉपर्टी बेचने के सिवा तुम्हारे लिए कुछ भी मुमकिन नहीं है. फिर वही करो जो मुमकिन है. जज़्बाती क्यों हो रहे हो?..."मामू जान कहने लगे...

शफक़ की आवाज़ ने यकायक मुझे खयालात की दुनिया से बाहर खींच लिया,

"मामू, वकील अंकल कुछ बता रहे हैं..." शफक़ की आवाज़ से मैं जैसे नींद से जाग उठा. वकील अपने डेस्क्टॉप के मॉनीटर पर कुछ दिखा रहा था और मुझे कुछ समझ नहीं आ रहा था.

"आर यू ओ के? लगता है, तुम्हें नींद आ रही है."उसने पूछा, "चलो चाय पीते हैं..." उसने कहा.

"नहीं नहीं..." मैं कहता रहा और उसने किसी को फोन पर ही चाय बिस्किट का ऑर्डर दिया.

"मुझे क्या करना है?" चाय पीते हुए मैंने कहा.

"तुम्हें क्या करना है?..." वकील ने कहना शुरू किया, "दो बातें हैं, एक तो यह कि प्रॉपर्टी अपने नाम करवाकर रख लो. दूसरा यह कि अम्मी ने जब महसूस किया कि वे अब नहीं बचेंगी तो प्रॉपर्टी की पॉवर ऑफ अटार्नी नसीम बाजी को कर दी थी. तो मेरा खयाल है फालतू में रजिस्ट्रेशन का खर्च उठाने की बजाय तुम खरीदार ढूंढो और दाम तय करो. बाकी काम नसीम बाजी कर देंगी."

"अरे यार! जब पॉवर ऑफ अटार्नी नसीम के पास है तो कोई मसला ही नहीं. बल्कि मैं यहाँ क्या कर रहा हूँ. वह खुद सब कुछ कर सकती थी. और मैं यहाँ कहाँ ग्राहक ढूंढूंगा..."

“सब हो जाएगा. शफक़ मैंने कुछ प्रॉपर्टी डीलर्स से बात कर रखी है. तुम अपने मामू के साथ उनसे जाकर फेस टू फेस बात कर लो और पेमेंट उधारी या किश्तों में लेने का ऑफर बिल्कुल एक्सेप्ट मत करना, ठीक है?”

“जी...” शफक़ ने छोटा सा जवाब दिया.

उसके बाद मैं सारा दिन शफक़ के साथ फिरता रहा. हम कई प्रॉपर्टी डीलर्स से मिले. हर जगह वही बातें करती और मैं सिर्फ देखता रहा, उसका कॉन्फीडेंस, उसका बातचीत का ढंग़, उसका लहज़ा... और सोचता रहा कि यह मेरी बेटी क्यों न हुई.

*

31

पहले मैं यू.के. में था तब यहाँ शफ़क़ ही मुझसे बात किया करती थी और वो बातें ज़्यादातर रस्मी या किसी काम से मुताल्लिक हुआ करती थीं. लेकिन आज हम लगातार साथ रहे तो काफी इधर उधर की बातें होती रहीं. हालांकि मुझे अब नौजवान बच्चों से मिलने जुलने में झिझक रहती है और मेरा रवैया उनके साथ बुज़ुर्गों वाला ही रहता है, हर बात में अपना तजुर्बा अपना एक्स्पीरिएंस घुसाना. मेरी इस आदत से ज़रूर मेरे बच्चे भी मुझसे कन्नी काटने लगे हैं. इसलिए मैं अपनी इस आदत से बचने की भरसक कोशिश किए रहा. लेकिन इस मामले में इसकी आदत ज़रा मुख्तलिफ थी. उसे दूसरों की राय और जज़्बात को अहमियत देना आता है. शायद उसे इसकी ज़रूरत भी महसूस होती हो. वजह शायद बचपन से ही बाप की कमी...

वजह चाहे जो भी हो हम दोनों के बीच काफी जमने लगी. मुझे पता नहीं था जिस वतन को मैं छोड़कर गया था, वहाँ की नई जनरेशन इतनी तालीमयाफ्ता, होशियार और समझदार निकलेगी और वो भी लड़कियाँ? और वो भी गांव देहातों से?... और वो भी मुसलिम घराने की?...

“ज़माना कहाँ से कहाँ चला गया?” मैंने अपने आप से कहा. उसने शायद सुन लिया.

“बहुत बदल गया होगा न शहर?” उसने पूछा.

“मैं शहर की बात नहीं कर रहा.” मैंने कहा.

“तो?”उसने पूछा. दरअसल हम लोग अभी अभी एक प्रॉपर्टी डीलर से मिलकर निकले थे और एक जगह रुककर चाय पी रहे थे.

“मैं तो ज़माने की बात कर रहा था.” मैंने कहा,“देखो ज़माना कहाँ से कहाँ पहुंच गया है.”

"मतलब?"

"देखो न, लोग कितना पढ़ लिख गए हैं और सबसे तेज़ तरक्की तो लड़कियों ने की है. तुम्हारी जैसी होशियार, समझदार लड़कियों का तो तसव्वुर भी नहीं था हमारे मुआशरे में."

"ये तो वक़्त-वक़्त की बात है मामू."

"हाँ, बात तो वक़्त की है. लेकिन वक़्त को पहले से कौन देख सका है?"

"लेकिन उसे पहले से देखने की ज़रूरत ही क्या है? अगर ज़िंदगी के सारे भेद पहले से खुल जाएँ तो जीने में मज़ा कहाँ रहेगा? ज़िंदगी की कशमकश, हार-जीत, सही-ग़लत, सब खत्म हो जाएगा. लोग बेज़ारगी में खुदकशी करने लगेंगे..."

"अरे! तुम तो फिलॉसफर हो गई हो?"

"क्यों? क्या आप नहीं हैं? मेरे ख्याल से तो हर किसी के अंदर एक फिलॉसफर होता है."

"ऐसा नहीं है; लेकिन मेरी बात अलग है शफक़, मेरी उम्र देखो."

"उम्र की क्या बात है, मामू जान? अभी तो आपकी आधी लाईफ बाकी है..."

"अच्छा! तुम्हें कैसे पता कि मेरी आधी लाईफ बाकी है."

"पता तो किसी को कुछ नहीं होता लेकिन पिछले तज़र्बात के बिना पर आप कोई डिसीज़न लेते हैं. हाँ, आपका डिसीज़न सही रहेगा या ग़लत यह वक़्त के हाथ होता है. आप चाहकर भी उसे सही नहीं बना सकते..."

"क्यों नहीं बना सकते? आपका फैसला सही होना चाहिए, बस इतनी सी बात है..."

"लेकिन आपका लिया हुआ फैसला सही ही हो इसकी क्या ग्यारंटी है?"

"हमारा तजर्बा, हमारा एक्स्पीरिएंस..."

"जैसे?"

"जैसे आपको दिल्ली जाना हो तो दिल्ली जाने वाली ट्रेन पकड़नी चाहिए न कि बॉम्बे वाली."

"लेकिन मेरे कहने का मतलब है- अगर दो लोग मुम्बई से दिल्ली के लिए चले, दोनों ने एक ही ट्रेन पकड़ी, मुम्बई से दिल्ली जाने वाली. दोनों के डिसीज़ंस सही थे, राईट?"

"राईट!" मैंने कहा.

"लेकिन रास्ते में ट्रेन का एक्सीडेंट हो गया. एक दिल्ली पहुंच गया, एक कब्रिस्तान... तो दोनों के फैसले सही कैसे हुए?"

"तो बच्चे, फैसले तो दोनों के सही थे अंजाम अलग अलग..."

"यही अंजाम तो हमारे फैसले को सही या ग़लत साबित करते हैं."

"हाँ, लोग ऐसा ही सोचते हैं, खास तौर पर एथीस्ट. लेकिन आप ऐसे सोच कर देखो अगर किसी को दिल्ली जाना हो और वह पुणे की ट्रेन पकड़ ले तो उसे गलत डिसीज़न कहेंगे?"

"जी."

"लेकिन वह पुणे से जयपुर और जयपुर से दिल्ली या किसी भी तरह भटक कर दिल्ली तो पहुंच गया." शफक़ ने कोई जवाब नहीं दिया लेकिन वह बड़े तजस्सुस से देखती रही जैसे कुछ और भी सुनना चाहती हो. मैं कहता रहा, "फिर क्यों उसे ग़लत कहेंगे? इसका मतलब सही या गलत, आपकी नीयत से तय होता है अंजाम से नहीं."

"अच्छा! अब समझ में आया ऐसा क्यों कहते हैं कि अल्लाह आपकी नीयत को देखता है. यानी हमारी नीयत से हमारे अच्छे या बुरे होने का फैसला करता है अंजाम से नहीं..." शफक़ बोल उठी.

"बिल्कुल! असल चीज़ तो हमारी नीयत होती है, अंजाम तो तक़दीर पर डिपेंड होता है. और तक़दीर को मानना, हमारे ईमान का एक हिस्सा है..."

तभी फोन बजा यह व्हाट्सैप पर मेहर का फोन था. मुझे ध्यान आया अभी वहाँ सुबह होगी.

"काम हो गया?" उसका सवाल था.

"यार ऐसे सवाल मत करो. कोई हँसी ठठ्ठा तो है नहीं. प्रॉपर्टी डीलर्स के चक्कर लगा रहे हैं. लेनदार भी मिलना चाहिए, रेट भी सही मिलना चाहिए? छोटी-मोटी चीज़ तो है नहीं कि औने पौने बेचकर हाथ धो लें." मैंने कहा. शायद यह बात उसे अच्छी लगी. वह कहने लगी,

"नहीं, नहीं ऐसे औने-पौने में नहीं बेचना है..."

"मुमानी हैं?" शफक़ ने धीरे से पूछा. मैंने हाँ में सिर हिलाया.

"मुझे दीजिए न! मुझे बात करना है, मुझे बात करना है..." वह ज़िद करने लगी.

"अच्छा, शफक़ से बात कर लो..." कहते हुए मुझे फोन शफक को पकड़ाना पड़ा.

*

32

"तो, सारे काम निपट गए?" मामू ने पूछा.

हम लोग सब दस्तरख्वान पर इकट्ठा थे. मुमानी और उनकी बहू ने मिलकर बड़े शौक से चुन-चुनकर एक से एक आईटम से सजाया था दस्तरख्वान को. रात के खाने पर घर के सभी लोग मौजूद थे. मेरा ममेरा भाई खलील भी ऑफिस से आ चुका था सो वह भी मौजूद था. रानू का कहना था कि मामू आए हैं तो बाहर चलकर डिनर करते हैं, लेकिन उसकी तज़वीज़ को सभी ने नकार दिया. मुमानी जान ने साफ कहा, "अरे! ज़माने बाद बच्चा आया है, हम उसे बाहर का खाना खिलायेंगे?"

और रानू की मम्मी का कहना था, "अरे! हमने दिन भर से तैयारियाँ कर रखी है. एक तो भाई जान, कभी न काल आए हैं, रोज़-रोज़ तो आएंगे नहीं. क्या हम उन्हें अपने हाथों से घर का पका खाना भी न खिलाएँ?" मामू जान का भी यही खयाल था. खलील ने मामला सुलझाने की कोशिश में फैसला मेरे और शफक की पसंद और सहूलियत पर छोड़ा. मैं तो काफी थका हुआ महसूस कर रहा था और शफक भी दिन भर भटकने के बाद अब बाहर जाने के हक़ में नहीं थी. इस तरह फैसला हो गया था. बेचारी बच्ची रानू मायूस हो गई थी. फिर दूसरी बात यह तय हुई कि खाना, डायनिंग टेबल की बजाय दस्तरख्वान पर ही खाया जाय. और इस बात के जोश में रानू और शफक ने मिलकर दस्तरख्वान लगाने का काम बड़े शौक से अंजाम दिया था...

"कहाँ?" मैंने जवाब दिया, "जहाँ से चले थे घूम फिरकर वहीं आ खड़े हुए."

"क्यों? वकील से मिले नहीं?" मामू जान ने कहा, "वो तो अच्छा आदमी है. स्कूल में तो तुम्हारे साथ ही पढ़ा है."

"जी जी जी..." मैंने कहा, "मुलाकात तो हुई थी, लेकिन वहाँ ऐसा कुछ देखने समझने के लिए था ही नहीं. अम्मी जान ने सब कुछ सेट कर रखा था. पावर ऑफ

एटॉर्नी भी नसीम के नाम से कर रखी थी तो नाम ट्रांसफर का भी कोई झंझट ही नहीं. मैं नहीं भी आता तो भी नसीम सब कुछ देख-निपटा सकती थी. मुझे ख्वाह म ख्वाह..."

"नहीं बेटा. नसीम ने बिलकुल ठीक किया जो तुम्हें सब कुछ जान-समझ लेने का कहा. सारी बातें हमेशा साफ होनी चाहिए. कहीं शुबह की गुंजाइश नहीं रहे. अगर बाद में कभी झूठ-मूठ में भी दिल में कोई शुबह हो गया तो रिश्तों में दरार आ जाती है..."

"और कोई खरीदार मिला?" खलील ने बीच में ही सवाल कर दिया.

"कहाँ, वहीं तो मामला अटक गया है." मैंने बेज़ारगी से कहा.

"क्यों? किसी प्रॉपर्टी डीलर से मिलते. शफक तो थी साथ में. क्यों शफक़! तुम तो शहर को जानती हो?" मामू जान ने कहा.

"नानू! हम तो गए थे. और दिन भर क्या करते रहे?" शफक़ ने जवाब दिया.

"हाँ, हम तो दिन भर मिलते रहे. लेकिन कोई ठीक नहीं लगा." मैंने शफक़ की बात आगे बढ़ाई, "अजीब बात है, वे लोग किसी पार्टी से मिलाने की बात ही नहीं करते. खुद ही पार्टी बन जाते हैं..."

"जी! एकदम औने-पौने दाम लगाते हैं," शफक़ ने मेरी बात की ताईद की, "या फिर इतना अभी दे देते हैं बाकी बाद में धीरे-धीरे..."

"अरे, ये सब दो नम्बरी लोग हैं." खलील ने कहा, "ये लोग देखते हैं, किसी को पैसे की एकदम सख्त ज़रूरत है तो उससे औने-पौने में सौदा करके या उसकी ज़रूरत भर का पैसा पकड़ाकर ज़मीन बिकवा देते हैं, खरीदने वाले से पूरा पैसा ले लेते हैं, और बेचने वाले को बाकी का पैसा ज़िंदगी भर थोड़ा-थोड़ा करके देते रहते हैं."

"सीधे-सीधे पार्टी से मिलाकर अपना कमीशन क्यों नहीं लेते?" मैंने हैरानी से पूछा. मुझे तो गुमान भी नहीं था कि ऐसे भी कारोबार होते हैं.

"कमीशन तो लेते हैं लेकिन लालच! ये बेचने वाले से दाम गिराकर सौदा कर लेते हैं और फिर उसी प्रॉपर्टी को खरीदने वाले को हाई फाई रेट में बेचकर मुनाफा तो कमाते ही हैं फिर दोनों से दो-दो परसेंट कमीशन भी वसूल करते हैं." खलील ने ही जवाब दिया.

"ये तो गलत है!" मैंने कहा.

"हाँ, ग़लत तो है, लेकिन जब तक चलता है, चल रहा है." उसने कहा.

"लेकिन क्या सब ऐसे ही हैं?"

"नहीं, एक-आध सही भी होंगे. मैं देखता हूँ. अभी तो आप रुकेंगे न?"

“नहीं यार! मैं तो कल सुबह निकल जाऊंगा शफक़ के साथ. वहाँ के भी कामकाज निपटाकर फिर परसों ही वापसी की फ्लाइट है.”

इस बात पर जैसे हड़कम्प ही मच गया. सब के शिकवे शुरू हो गए- “ये क्या अभी आए और अभी चल दिए.”

बड़ी मुश्किल से सच्चे-झूठे वादे करके सब को बहलाना पड़ा.

दूसरे दिन शफक़ और मैं बस से रवाना हो गए. मामू और मुमानी दोनों बिदा करते हुए रोते रहे. रानू ने भी गले लगकर बिदा ली और कहा- “चाचू अगली बार आएंगे तो बाहर चलेंगे. आप पर ड्यू रहा.” मैं कैसे इनकार करता, और इक़रार भी कैसे करता. मुझे क्या पता था, फिर कभी आऊंगा भी या नहीं.

खलील ने अपनी कार में बस स्टॉप तक पहुंचा दिया. जब बस चलने लगी तो लगा मेरी आंखें भी भीग गई थीं.

“मामू जान,” शफक़ ने कहा, “मेरी फ्रेंड रानू आपको कैसी लगी?”

“क्यों?” जवाब देने के बजाय मैंने सवाल किया. जवाब शायद मैं जानता था.

“फूफी जान ने मुझे कहा था, मैं आपसे सिफारिश करूँ कि आप रानू को अपनी बहू बना लें.”

मैंने सुना और खामोश रहा.

*

33

दोपहर के ढाई बह रहे होंगे. धूप में चमक थी लेकिन हवा में खुनक थी. यहाँ वहाँ सूखे हुए पत्ते बिखरे हुए थे. हवा उन्हें और इधर से उधर उड़ा रही थी. मौसम सूखा नहीं था इसलिए पत्ते सूखे होने के बावजूद नरम थे और पैर के नीचे आने के बावजूद आवाज़ नहीं कर रहे थे. हम लोग जिस दरख्त के नीचे खड़े थे उसके पत्ते भी झड़ने लगे थे. सूरज की रौशनी सीधे हमारे वजूद पर पड़ने लगी थी. नसीम ने आंखों को चमक से बचाने के लिए हाथों से आंखों पर साया करके आंखें सिकोड़ ली थी. इस चटख रौशनी ने उसके धुंधला चुके गोरे गुलाबी रंग को फिर से रौशन कर दिया था. कहीं से उड़कर आया एक सूखा पत्ता उसके सिर के ऊपर उसके दुपट्टे के पल्लू में फंसकर रह गया था. मेरा दिल एक बारगी किया कि आगे जाकर, हाथ बढ़ाकर उस पत्ते को हटा दूं, लेकिन हिम्मत नहीं हुई और मैंने नज़र झुका ली.

मैंने नसीम से शिकवा किया था. कि मेरी नाहक दौड़-भाग हो गई. वकील के पास तो सिर्फ कागज़ात हैं. और जब अम्मी ने तुम्हें पॉवर ऑफ एटॉर्नी दे रखी है फिर मुझे फजीत होने की क्या ज़रूरत?

“बड़े सुस्त हैं आप?” उसने तंज़ किया था, “और नाशुक्रे भी. यह नहीं कि शुक्र अदा करें कि बचपन के दोस्त से मुलाकात हो गई.”

“मम्मी, ऐसी बात नहीं है,” शफक़ ने बीच में पड़ते हुए कहती है, “दरअसल मामू को प्रॉपर्टी के बारे में कोई जानकारी नहीं थी कि खेत वगैरह, कहाँ है, कहाँ से कहाँ तक और कौन सा हिस्सा... वगैरह, इसलिए वे कुछ समझ नहीं सके...”

“समझने की ज़रूरत भी नहीं थी. क्या मुझे आप लोगों पर भरोसा नहीं है?” मैंने कहा था.

“इसीलिए मैं कह रही थी,” ताई अम्मी ने भी बीच में पड़ते हुए कहा, “ज़रा खेत वगैरह भी देख लेते. आखिर पुरखों की विरासत है, लगाव तो रहता है...”

"तो ठीक है न, अभी मैं और शफक़ दिखा लाएंगे." नसीम बोली, "वैसे मैंने कौन सा ज़बर्दस्ती वहाँ भेजा था. खुद ही गए थे अपने मामू से मिलने तो मैंने कहा था कि वहाँ तक जाना ही है तो ज़रा हिसाब-किताब भी समझ आएंगे. दिल में कोई शक ओ शुबह न रह जाए..."

"मैं क्यों शक़ करूंगा?" मैंने ऐतराज़ किया था जिसे नसीम ने बड़ी बेदर्दी से रद्द कर दिया था-

"आपको शुबह हो न हो, जो तरीका है उसे तो निबाहना ही चाहिए. वैसे भी आप तो बड़े प्रैक्टिकल इनसान हैं."

मुझे बात चुभ गई थी. मुझे क्या हुआ था? मैं सचमुच प्रैक्टिकल इनसान था. जज़्बात की मेरे नज़दीक कोई कीमत नहीं थी, लेकिन इस ज़मीन पर कदम रखते ही जज़बात मुझपर हावी होने लगे. मुझे शर्म भी आ रही थी कि मैं एक जज़्बाती इनसान की तरह बर्ताव कर रहा था. इसलिए भी मैंने ज़्यादा बात करना ठीक नहीं समझा और यहाँ चला आया था अपने खेत, अपने बुज़ुर्गों की विरासत देखने...

"वहाँ उस ट्यूबवेल तक उसके पार का हिस्सा..." उसने मुझसे कहा, "दोनों हिस्से बराबर नहीं हैं. इस तरफ का ज़रा छोटा है."

"क्यों, छोटा क्यों?"मैंने तजस्सुस से पूछा.

"इधर ट्यूबवेल है न? वैसे आप चाहें तो इस तरफ वाला हिस्सा रख सकते हैं."

"मैं क्या करूंगा रखकर? मुझे कौन सा यहाँ रहना है? वैसे तुम ही रखती तो बेहतर रहता. पुरखों की विरासत बाहर तो नहीं जाती."

"भाई, मैं पहले ही अर्ज़ कर चुकी हूँ, मेरी इतनी कुवत नहीं है..."

"तो क्या कोई रास्ता नहीं है इस विरासत को बचाने का?"

"क्या आपके पास कोई रास्ता है?"उसने अपने खास हमलावर अंदाज़ में सवाल किया और मेरे चेहरे पर अपनी तेज़ निगाहें गड़ा दी जैसे कोई हमलावर अपने हारे हुए रकीब के चेहरे पर हार के तआस्सुर देखने की कोशिश करता है.

"है." मैंने कहा. उसे हैरानी हुई.

"क्या?" उसने हैरानी से पूछा.

"मुर्तज़ा मेरा बेटा है. डॉक्टर है. एक दो साल में उसकी प्रैक्टिस भी चल निकलेगी..." मैंने दूर ट्यूबवेल के पास खड़ी शफक़ की ओर देखते हुए कहना जारी रखा, "हम मुर्तज़ा और शफक़ की शादी कर दें. मैं शफक़ को अपनी बहू बनाना चाहता हूँ."

मैंने अपनी नज़र नसीम के चेहरे पर गड़ा दी. ज़िंदगी में पहली मर्तबा. देखते देखते उसके चेहरे के तआसुर बदल गए. नफरत की एक लहर सी उसकी निगाहों

में दौड़ गई.

"हर्गिज़ नहीं!" उसने बिफरते हुए कहा, "मेरी बेटी सस्ती नहीं, नियाज़ साहब! वह एक पढ़ी-लिखी सेल्फडिपेंड, खुदार, खुदमुख्तार लड़की है. उसका अपना कैरियर है जिसे मैं आपकी जायदाद या पुरखों की मीरास पर क़ुर्बान नहीं कर सकती."

"तुम मेरी बात को ग़लत ढंग़ से ले रही हो नसीम. तुम गौर करोगी तो मेरा प्रपोज़ल इतना नामुनासिब नहीं लगेगा तुम्हें..."

"मैं क्यों गौर करूंगी आपके इस प्रपोज़ल पर? मेरे गौर ओ फिक्र का मर्कज़ तो मेरी बेटी का कैरियर है और उसकी ज़िंदगी. फिर एक बार हमारे दादा सरफराज़ खाँ भी तो ऐसी कोशिश करके देख चुके हैं. क्या वे कामियाब हो सके?"

नसीम से नज़रें मिलाने की मुझमें ताब नहीं बची थी.

"एक बार शफक़ से तो पूछकर देखो. शायद उसे मुनासिब लगे."

"उसे क्यों मुनासिब लगेगा? नियाज़ साहब, वह एक ग़ैरतमंद माँ की ग़ैरतमंद बेटी है. वह कभी हाँ नहीं कहेगी. वह भी अपने कैरियर के हिसाब से, अपनी ज़िंदगी के हिसाब से, अपनी पसंद के हिसाब से शादी करेगी... जैसे लोग करते हैं..."

मुझे काटो तो खून नहीं...

या कहूँ, मेरा खून सर्द हो गया था. शायद जम गया था.

*

34

रात के खाने पर मैंने ताई अम्मी से दरियाफ्त किया, "ताई अम्मी आप भी अब हमारे साथ आकर रहें न. आप सब लोग यहाँ अकेले रहकर क्या करेंगे."

मेरी बात हर किसी को बनावटी ही लगेगी लेकिन मुझे लगता है यह बात मेरे दिल से निकली थी. मुझे यहाँ आने से पहले तक कभी वह एहसास नहीं था. ईमान से कहता हूँ इतनी उम्र गुज़र गई मुझे कभी एहसास नहीं था कि मैंने पिछली ज़िंदगी में कुछ खोया है. मैं हमेशा नफा-नुकसान देखकर, नुक्ताचीनी करके फैसले किया करता, फिर कभी पीछे मुड़कर नहीं देखता. ज़िंदगी में कभी कोई पछतावा नहीं रहा लेकिन यहाँ आकर जैसे मैंने अपने माज़ी से दो-चार हुआ हूँ तो समझ में आया कि मैंने ईमानदारी से अपनी ज़िंदगी को नहीं देखा. ज़िंदगी में बहुत कुछ था जिसका मुझे मलाल होना चाहिए. बहुत कुछ था जिसका मुझे रंज होना चाहिए.

रात अपने बिस्तर पर लेटे-लेटे मैं जैसे अपनी सारी, यहाँ आने के पहले लम्हे से अब तक के सफर पर नज़रे सानी कर रहा हूँ. क्या पता ज़िंदगी में फिर आना नसीब हो, न हो. दिल और दिमाग दोनों भटक रहे हैं. मैं किसी एक बात पर ध्यान लगाना चाहता हूँ लेकिन लगातार नाकाम रहता हूँ. मैं ताई अम्मी से कहता हूँ, मेरे साथ आकर रहें, क्यों कहता हूँ? मैंने कभी अपनी माँ को तो साथ ले जाकर नहीं रखा. यह भी अलग बात है कि वे कभी आना ही नहीं चाहती थीं. वे मुझसे शायद नफरत करने लगी थीं. फिर भी...

किसी अपने के लिए कभी तो मेरे दिल में कोई खयाल नहीं आया, भले वे सब मुझे चाहते रहे. बावजूद इसके कि मैं एक नाफरमान शख्स से ज़्यादा तो कुछ था नहीं. फिर भी मुझे किसी का कोई लिहाज नहीं रहा फिर मैंने किस मुंह से कहा ताई अम्मी से? और ताई अम्मी हंसी, अपने पोपले मुंह और खोखले जिस्म के साथ. नसीम ने कुछ कहा नहीं, बस एक नज़र मुझे देखा था. क्या था उस नज़र में, तंज़

या तल्खी. या फिर हिकारत? हिकारत, जैसे किसी झूठे मक्कार के लिए हो? मैं कुछ समझने से कासिर हूँ. कुछ भी...

"अब इस उम्र में जाकर क्या करूंगी बेटा. मेरी बहन जैसी देवरानी चली गई, भाई जैसा देवर, बाप जैसे ससरे और मेरा सरताज मेरा शौहर सब यहीं इसी मिट्टी में सो गए. मैं भी सो जाऊंगी यहीं कहीं..." कहते कहते ताई अम्मी की आवाज़ भर्रा गई. आंख में आंसू भी आ गए होंगे जो उम्र की वजह से इतने सूखे थे कि नज़र ही नहीं आते. वैसे भी लोगों के आंसू मुझे कब नज़र आते थे. अम्मी नहीं कहती थी संगदिल. शायद ऐसा इसलिए कि मैं दूर था यहाँ से. दूर रहकर संगदिल होना मुश्किल नहीं लेकिन सामने-सामने किसी के लिए कोई एहसास न होना?...

"आप ऐसा क्यों कहती हैं, ताई अम्मी. अल्लाह आपकी उम्र दराज़ करे." मैंने कहा.

"मेरे लिए अब लम्बी उम्र की दुआ क्यों करते हो बेटा? क्या करूंगी मैं और जी कर? एक तुझे देखने की आस थी, वो भी पूरी हो गई. अब तो अल्लाह तेरे सामने ही बुला ले, यह दुआ कर. तेरे कंधे पर चली जाऊँ. कम से कम मुझे तो तेरा कंधा नसीब हो जाए." ताई अम्मी रो रही थी और मैं सिर झुकाए खामोश...

"आप ऐसा क्यों सोच रही हैं ताई अम्मी. आपकी ज़रूरत है अभी. शफक़ है, नसीम है, इनके सरों पर तो साया चाहिए आपका..."

"ऐसा लगता है बेटा. लेकिन किसी के मरने जीने से ज़िंदगी रुक नहीं जाती. जिसकी मौत आती है उसे मरना है, जिसकी हयात है उसे जीना है. बस यही दुनिया की हक़ीकत है. मुझे कभी बहुत डर लगा करता था. ये नहीं रहे तो क्या होगा, वो न रहे तो नहीं जी सकूंगी. लेकिन देखो. एक-एक करके सब चले गए. मैं अभी तक ज़िंदा बैठी हूँ..."

"पहले की बात और थी ताई अम्मी..." मैंने कहा.

"पहले की बात?" नसीम ने जैसे वजाहत मांगी.

"पहले मुसलमानों के लिए इतनी नफरत नहीं थी यहाँ..." मैंने अपनी बात साफ की.

"वह एक दौर की बात थी भाई." नसीम ने मेरी बात काटते हुए कहा.

"वही तो मैं कह रहा हूँ, इस दौर में यहाँ आप लोग सेफ नहीं हैं..." डरते डरते मैंने अपनी बात और साफ करनी चाही.

"दौर तो बदलते रहते हैं, यह दौर भी बदल जाएगा. नियाज़ भाई, आप फिक्र न करें जैसे हम पहले सेफ थे वैसे ही अब भी सेफ हैं. आप बेफिक्र होकर जाएँ. यहाँ की फिक्र बिल्कुल न करें. और हाँ, अल्लाह ने चाहा तो जल्दी आपकी प्रॉपर्टी के खरीदार

भी मिल जाएंगे. मेरे पास पॉवर ऑफ एटॉर्नी है. मैं जल्द ही बेचकर आपकी रकम आपको ट्रांसफर कर दूंगी." यह नसीम बहुत चालाक है. वह मेरे कहने से पहले जान लेती है मैं क्या कहने वाला हूँ और फिर बातों का रुख ही दूसरी तरफ मोड़ देती है. लेकिन मैं ही क्या कम था?

"मैं वह बात नहीं कर रहा था नसीम?" मैंने कहा, "तुमने शफक़ के फ्यूचर के बारे में सोचा है?"

"आप सोचते हैं, इसके लिए आपका शुक्रिया. वैसे हमें सोचने की ज़रूरत क्या है? वह बड़ी है. बालिग़ है. अपने पैरों पर खड़ी है. अपना भला बुरा सोच सकती है." नसीम ने जैसे फिर मेरे कुछ कहने से पहले ही मेरी बात खत्म करने की कोशिश की, "आप बातों पर नहीं, खाने पर तवज्जोह दें. देखिए सालन ठंडा हो रहा है..."

एक बार फिर मेरा ध्यान भटक गया और मैंने देखा मैं अपने कमरे में अपने बिस्तर पर लेटा, बेज़ारगी से कमरे की छत को घूर रहा हूँ. मैं यहाँ आया ही क्यों? मैं क्या वहाँ सुकून से नहीं था? फिर कौन सी कमबख्ती मुझे यहाँ खींच लाई? लेकिन क्या अपनी जड़ों से दूर होना इतना आसान होता है? क्या वह मेरी जड़ें ही नहीं थीं जो मुझे खींच लाई हैं यहाँ? लेकिन यहाँ आकर मुझे क्या हुआ है? मैं यहाँ आकर ऐसा क्यों हो गया हूँ? मुझे शफक़ से, उसके फ्यूचर से क्या वास्ता? क्या लेना-देना? मैं क्यों उस नकचढ़ी नसीम के साथ सिर खपा रहा हूँ?

"तुम तो देख रही हो, यहाँ के हालात कैसे हो रहे हैं? हम वहाँ भी नावाकिफ नहीं हैं यहाँ के हालात से. हमें भी नज़र आता है सब कुछ. यहाँ आजकल हमारी हर बात पर ऐतेराज़! खुलेआम मारपीट, कत्ल ए आम के ऐलान. तुम समझती हो, कैसे सर्वाईव कर पाएगी अकेली लड़की?" मैंने तो नसीम को समझाने की कोशिश की.

"तो क्या हम इस डर से अपनी मीरास छोड़ दें? जडों से उखड़ जाएँ अपनी? मैं आपकी बात समझ रही हूँ नियाज़ भाई. लेकिन हम अपनी मिट्टी को छोड़कर कहीं नहीं जाने वाले. जाना होता तो हमारे दादा जान सरफराज़ खाँ अपनी मीरास की बजाय अपनी हिफाज़त की फिक्र करते. लेकिन उन्होंने अपनी मीरास को चुना और हम भी अपनी मीरास को ही चुनते हैं. वक़्त का क्या है, बदलता रहता है. जो कल था, वो आज नहीं है. जो आज है वो कल नहीं रहेगा. आज बुरे लोग ज़रा ज़्यादा हो गए हैं तो सब कुछ बुरा-बुरा सा लगता है. लेकिन सब बुरे नहीं हो गए. अच्छे लोग भी हैं. आप वकील साहब से नहीं मिलकर आए? कल फिर अच्छे लोग ज़्यादा हो जाएंगे..."

एक बार फिर मेरा ध्यान भटकता हुआ कमरे की खिड़की से बाहर आंगन के दरख्त पर गया. इस दरख्त की छांव में अपने बचपन के दिन अपने दादा जान की

गोद में खेलकर गुज़ारे हैं. आज ये मेरी मिल्कियत है. मेरे बुज़ुर्गों कि निशानी. कल मैं इसे छोड़ जाऊंगा. अपनी जड़ों से दूर... शायद हमेशा के लिए...

नसीम सच कहती है, वह खुशनसीब है.

*

35

नसीम खुशकिस्मत है. और मैं? मुझे तो बिदा लेना होगा. मैं सुबह सुबह जब ताई अम्मी के पास बिदा लेने पहुंचा तो ताई अम्मी ने मेरा मस्तक चूम कर कहा, "अब कब आओगे बेटा?"

मैं क्या कहता? कभी नहीं? मुझमें इतना हौसला कहाँ? हालांकि मैं जानता हूँ ज़िंदगी शायद ही मुझे वापस लाए. सच तो यह है कि मैं यही सोच रहा हूँ कि यह जाना मेरा हमेशा का जाना होगा शायद. कितनी बातें ज़ुबाँ तक आकर रुक गईं.

"बस, दुआ कीजिए ताई अम्मी..." और मैंने बात अधूरी छोड़ दी गला भर आया था. और सिर झुका लिया, आंख भर आई थी. ताई अम्मी ने अपने कांपते हाथों में मेरे चेहरे को थाम लिया और मेरे चेहरे को एकटक देखती रही.

"जाऊँ..." मेरी ज़बान से बमुश्किल निकला.

"जी भर के देख लूं नियाज़. अब ज़िंदगी का कोई भरोसा नहीं मेरे लाल." कहते हुए ताई अम्मी रो पड़ीं. उम्र का बोझ, कमज़ोरी और दुख के बोझ से वह उठ न सकीं. मैंने उनका हाथ चूमा और अपने सिर पर रख लिया. फिर घूमा और तेज़ी से बाहर की तरफ चल पड़ा. पीछे से एक दबी हुई चीख सी सुनाई दी लेकिन मैं मुड़ा नहीं. शायद मुझे डर था कि मेरे पैरों में ज़ंजीरें न पड़ जाएँ.

शफक़ ने अपनी स्कूटर बाहर निकाल ली थी और आवाज़ लगा रही थी. वह मेरे साथ एयरपोर्ट तक जाना चाहती थी लेकिन खलील और मामू जान मुझे बस स्टॉप से पिक करके एयरपोर्ट तक छोड़ने वाले थे, सो मैंने खुद शफक़ को मना किया कि कहाँ फजीत होगी. फिर शफक ने कहा कि मुझे कम से कम स्कूटर से बस स्टॉप तक पहुंचा ही देगी. मैं बाहर की तरफ चला तो नसीम भी पीछे-पीछे आई. मैंने रुककर कहा- "जा रहा हूँ नसीम. हमेशा के लिए..."

वह खामोश रही. बस, आंख भर कर मुझे देखती रही. उसकी आखें बोलती रहीं.

“अब कभी तुम्हें मेरी शक्ल देखने की ज़हमत नहीं उठानी होगी...” मैं उससे बोला, “तुम से मुझे कोई शिकवा नहीं, लेकिन मेरे दिल पर एक बोझ है...” मैं ठहरा और उसकी तरफ देखा. उसकी निगाहों में सवाल थे.

“...अगर तुम मुझे माफ कर दो तो शायद इस बोझ से छुटकारा मिल जाए.” मैंने अपनी बात पूरी की.

“आप किस बात के लिए माफी मांग रहे हैं नियाज़ भाई? आप बड़े हैं, मुझे शर्मिंदा न करें.” वह बोली. मैं समझ गया, वह बात को घुमा रही है. वह मुझे माफ नहीं करना चाहती.

“इसमें बड़े छोटे की बात नहीं. ज़ालिम कितना भी बड़ा हो अल्लाह के इंसाफ के आगे छोटा ही है. मैं जानता हूँ रोज़ ए महशर, अल्लाह की अदालत में तुम्हारा हाथ होगा और मेरा दामन. मैं उस दिन से डरता हूँ...”

“आप किस ज़ुल्म की बात कर रहे हैं?” उसने मासूम बनते हुए कहा.

“तुम जानती हो नसीम. सब कुछ कहना ही ज़रूरी नहीं होता. मैं जानता हूँ मेरे नाम से तुम्हें ज़िंदगी में कितनी तकलीफें उठानी पड़ीं...” मैंने कहा और समझ गया कि वह मुझे माफ करना ही नहीं चाहती. यह बोझ अब ज़िंदगी भर मेरे सीने पर ही रहेगा.

“हाँ एक बात और,” मैंने कहा, “आज जब यहाँ से जा रहा हूँ तब मुझे एहसास है कि तुम सही हो. तुम्हें अपनी जड़ों से दूर जाने की ज़रूरत नहीं. अपनी मीरास से दूर जाने की भी ज़रूरत नहीं. आज मैं जान सका हूँ कि क्यों सरफराज़ खान ने मीरास को चुना था. क्यों वे पाकिस्तान नहीं गए थे. तुम सचमुच खुशकिस्मत हो जो अपनी मिट्टी पर हो. मैं चाहकर भी पराई ज़मीन में अपनी अपनी जड़ों से दूर...” मेरा गला भर आया. मैं ज़रा देर ठहरकर फिर बोला, “लेकिन मैं दुनिया में कहीं भी रहूँ. मेरी नाल इस ज़मीन में ही गड़ी है. अच्छा, खुदा हाफिज़!” कहकर मैं तेज़ी से घर की देहलीज़ से बाहर निकल कर शफक़ की स्कूटर पर जा बैठा.

“नियाज़ भाई जान!” पीछे से यकायक नसीम की चीख सुनकर मैं स्कूटर से उतर पड़ा. मुड़कर देखा, उसका चेहरा तर है आँसुओं से और वह मुंह में दुपट्टा दबाए बड़ी मुश्किल से अपनी रुलाई दबाए हुए दहलीज पर खड़ी है.

“मैंने आपको माफ किया, अपने अल्लाह को हाज़िर नाज़िर मानकर माफ किया. आप पर मेरा कोई हिसाब नहीं, कोई बदला नहीं... आप भी मेरा कहा सुना माफ कर दें...”

मैं और खड़ा नहीं रह सका, जाकर उससे लिपट गया, “मेरी बहन, तेरा मेरा कोई हिसाब नहीं कोई बदला नहीं... मैं तुझे ज़िंदगी भर नहीं भूल सकता.”

जब स्कूटर पर बैठकर मैं घर से दूर जाने लगा तो महसूस हुआ जैसे कोई साया सा मुझे देख भागा है अभी, जैसे दो मासूम आंखें दरवाज़े के पीछे से छिपकर मुझे देख रही हैं, अपने मुंह में दुपट्टा ठूंसे, अपनी रुलाई दबाए हुए...

www.ingramcontent.com/pod-product-compliance
Lightning Source LLC
LaVergne TN
LVHW091112150826
845673LV00002B/793

9798894462240